Histórias Possíveis

Contos

Histórias Possíveis

Contos

1ª Edição
POD

Petrópolis
KBR
2011

Edição e revisão **KBR**

Editoração **APED**

Foto da capa **arquivo Google**

ISBN: 978-85-64046-65-8

KBR Editora Digital Ltda.

www.kbrdigital.com.br

atendimento@kbrdigital.com.br

24 2222.3491

B869.3 – Ficção e contos brasileiros

Sumário

ANDRÉ DE LEONES

André de Leones (Goiânia, 1980) é autor de "Hoje está um dia morto" (Record), romance vencedor do Prêmio SESC de Literatura 2005, do volume de contos "Paz na Terra entre os monstros" (Record) e do romance *"Como desaparecer completamente"* (Rocco, 2010). Colabora com diversas publicações. Vive atualmente em São Paulo.

E-mail: alleones@gmail.com

Feriado em Miriam

As digitais nas lentes. Miriam tirou os óculos e os encarou: dedos. Os seus próprios. Acontecia de ela, querendo coçar os olhos, esfregar as lentes. No meio da rua ou parada na calçada esperando para atravessar ou nos corredores do colégio ou em um boteco na Mário Ferreira, ela esfregava, distraída, com as pontas dos dedos, não os olhos, mas as lentes dos óculos.

E ela sempre se sentia ridícula. Ou quase sempre.

Na sala de aula, falando sobre livros ou discutindo política, por exemplo: não. Em um boteco na Mário Ferreira, esfregando as lentes dos óculos quando queria esfregar os olhos: sim.

E, de vez em quando, geralmente aos domingos ou feriados, uma vontade horrenda de cair no choro, de (ridícula) estar morta.

Não de se matar, o que seria o cúmulo do ridículo, mas de estar morta.

As pessoas próximas comentando. Tão jovem, tão bonita, tão inteligente, tão.

Bonita?

Recolocou os óculos e ajeitou os cotovelos sobre a mesa. Era a única freguesa na sorveteria. A praça vazia lá fora. Tarde de feriado.

Bonita?

Branca, roliça, cabelos azuis.

As pessoas próximas. Não havia pessoas próximas.

Tirou os óculos de novo e os limpou com um guardanapo. Um sundae. Colocou os óculos outra vez. Devia ter pedido um sundae, pensou. Limpos. Um sundae, não a joça de um milkshake. Estar morta? Mas por que haveria de?

Mão estendida em sua direção.

Levantou os olhos, quase esfregando as lentes dos óculos novamente: uma senhora em uniforme de garçonete com a mão direita estendida na direção da taça esquecida sobre a mesa.

"Posso recolher?"

Ela olhou para a mão da garçonete e depois para a taça como se pensasse a respeito, decidindo se poderia ou não ter a taça recolhida.

"Pode. Me... me traz um sundae?"

"Qual sabor?"

"Ameixa."

"Um momentinho e eu já trago pra você."

A garçonete girou sobre os calcanhares. O ruído irritante, de superfície lisa sendo arranhada. A mãe, ao gritar, fazia um som parecido. Gritando porque ela cortara os cabelos e gritando porque ela tingira os cabelos e gritando porque.

Outro dia, tinha saído mais cedo do colégio e, não querendo ir para casa, desceu direto pela Dom Bosco e dobrou à direita na 24 de Outubro. Tentou se lembrar do que acontecera em 24 de Outubro em algum ano perdido da história bonfinense, mas nada lhe ocorreu. O aniversário da cidade era em cinco de outubro, mas não se lembrou de nenhuma rua com esse nome. Entrou no primeiro salão de cabeleireiro que viu e deu sorte, estava vazio.

"Corta bem joãozinho", pediu. "Sem dó."

Tão curto que a mãe soltou um grito ao vê-la. Soltou um grito e, logo em seguida, disparou o bordão:

"Que bom que seu pai não está vivo para ver uma coisa dessas."

Ao que Miriam sorriu, não perdoando:

"Mas ele está vendo, sim, mãe. Não é o que você sempre diz?"

A garçonete colocou o sundae sobre a mesa e perguntou se ela queria mais alguma coisa.

"Não. Obrigada."

O susto da mãe foi bem maior quando, uma semana depois, ao chegar do banco, deparou-se com Miriam estirada no sofá lendo *O estrangeiro*, os cabelos tingidos de azul.

"Eu juro por Deus que não sei qual é a porcaria do seu problema."

De onde estava, via a praça defronte. Vazia. Americano do Brasil ou coisa parecida. Um busto no meio dela. Durante certo tempo, foi moda entre a galera roubar os bustos das praças e avenidas e transferi-los para locais inusitados, tais como alpendres e portas de botecos e tampas de bueiros.

A professora no colégio dizendo que Americano do Brasil era o maior escritor da história da cidade e ela pensando que nunca lera ou ouvira sequer um verso do sujeito em lugar algum. Morto a tiros. Um marido traído? Um político ofendido? Mark David Chapman nunca tinha estado ali.

Tomou o sundae, pagou e saiu.

Foi descendo pela Aprígio José de Souza, a cidade vazia, feriado, e não tinha ideia do que fazer. Foi quando se lembrou de que Jonas estava sozinho em casa.

Djalma Dutra, sem número.

Miriam tirou toda a roupa e Jonas tirou toda a roupa. Ela olhou para ele e viu seu pênis muito grosso e seu corpo muito magro e pensou neles, corpo e pênis, como duas criaturas distintas que, por conveniência, trabalhassem juntas.

Não se beijaram.

Ele a deitou na cama e a virou de bruços e olhou seu corpo, o traseiro enorme e o tronco magro. Duas mulheres em uma: a parte de cima de uma pré-adolescente tranquila de ares católicos (exceto pela cor dos cabelos, claro) e a parte de baixo de uma matrona quarentona fogosa e desbocada.

Não eram namorados.

Ele beijou e lambeu as coxas e a bunda dela, e também o ânus, e ela gostou disso.

Fizeram o meia-nove regulamentar, depois ela o cavalgou e depois ele a comeu por trás e então voltaram ao meia-nove e ela deixou que ele gozasse em sua boca, mas não engoliu: correu até o banheiro e cuspiu a coisa toda na pia.

Em seguida, tomou uma ducha e voltou ao quarto, enrolada em uma toalha, e se deitou na cama ao lado dele.

De bruços, Jonas fitava a parede.

"Ainda não sinto vontade de engolir", ela disse, algum tempo depois. "Mas ainda quero fazer isso. Poucas fazem. Eu acho."

Ela pensou no gosto da coisa e não lhe ocorreu nada que tivesse um gosto parecido. Era um gosto vazio, oco.

Uma prima lhe dizendo que só engoliria a porra do homem que amasse, ou do homem com quem fosse se casar. Um gesto, uma declaração de amor. Olha o que eu faço por você, meu bem.

Miriam pensou: É isso. Tem gosto de feriado.

FACTOIDE

O senhor ministro adentrou a cozinha. A porta da sala estava fechada porque a sala estava sendo usada como quarto por quatro dos nove moradores do barraco. A pequena mulher o esperava junto à mesa, de pé, uma garrafa cheia de café recém-passado à espera. Chorava. O senhor ministro adentrou a pequena cozinha e as câmeras e os repórteres se mantiveram à porta. O senhor ministro abraçou a pequena mulher no meio da pequena cozinha, os dois de pé junto à mesa. Ele a abraçou com força. Ela não teve forças para retribuir o abraço. Em seguida, ela pegou um copo, uma ex-embalagem de requeijão cremoso, pedaços do adesivo aqui e ali, e serviu um pouco de café. Sem açúcar, disse o senhor ministro. Ele tomou um gole de café e a pequena mulher balbuciou: Só não quero que fique impune. Não vai, disse energicamente o senhor ministro. Estou aqui justamente para que isso não aconteça, para que não saiam impunes. Um flash espocou, cegando a pequena mulher momentaneamente. Outros espocaram em seguida, focalizando o senhor ministro com o copo de café na mão fitando a pequena mulher. Era o meu filho, ela disse. O único. O senhor ministro bebeu o restante do café e colocou o copo vazio sobre a mesa. A mulher recomeçou a chorar. Meu filho, balbuciou. Meu filho. O senhor ministro a abraçou mais uma vez. Mais flashes espocaram. Ela se desvencilhou. O senhor ministro respirou fundo e repetiu: Não vão ficar impunes. Em seguida, fez menção de sair. Os repórteres começaram a desobstruir a porta. A pequena mulher ergueu os olhos e encarou o senhor ministro. Obrigada, disse. Por nada, respondeu o senhor ministro. O café da senhora é muito bom. A porta estava desobstruída. Os jornalistas se dirigiam para a casa seguinte. O senhor ministro disse adeus e desapareceu. A pequena mulher sentou-se à mesa e empurrou com a mão o copo vazio até que ele caiu no chão e se espatifou.

NÃO ACONTECEU MUITA COISA NO PRIMEIRO
ASSALTO

Pervez nasceu no Paquistão. Veio para o Brasil ali pelo meio da década de oitenta, no final do século passado. Parece que faz um tempão, e talvez faça mesmo, dependendo de como você encara essas coisas. Tinha dezenove anos de idade. Não sei como foi parar em Brasília. Tirando os políticos, eu nunca sei como é que as pessoas vão parar em Brasília.

Eu tomei conhecimento de Pervez uns dez anos depois que ele chegou à cidade. E não é que eu tenha, de fato, conhecido o sujeito. A gente não foi apresentado, nunca conversou fiado ou dividiu uma mesa de boteco, nada disso. Ele acabaria se tornando um boxeador conhecido no DF e no entorno, pelo menos entre os assíduos naquelas lutas meio clandestinas como eu. Nunca ia virar profissional, mas nenhum daqueles caras ia virar profissional. Eram amadores ou, no máximo, semiprofissionais, se é que existe uma coisa dessas. Todos tinham outras profissões e, na maior parte dos casos, estavam velhos demais para começar a levar aquele negócio muito a sério. Não tinham patrocinadores, dieta equilibrada e motivação para chegar a lugar nenhum. Queriam apenas uns trocados.

A primeira vez que vi Pervez lutar foi inesquecível, e não só por causa da luta em si. Foi numa sexta-feira à noite, no inverno mais quente que tive o desprazer de testemunhar em toda a minha vida. Na terça-feira daquela semana, meu pai tinha atropelado uma família inteira que caminhava pelo acostamento da BR-060. Preso em flagrante. Nem tentou fugir. Pai, mãe, uma filha de doze anos e a avó. Quatro mortos, três deles no momento do impacto ou logo em seguida. A avó ainda foi levada para o hospital e morreu dois dias depois. No momento em que foi algemado, meu pai estava bêbado e sorridente. Pelo menos foi isso que saiu nos jornais: bêbado e sorridente.

Eu não queria pensar no que meu pai tinha feito e no que aconteceria com ele. Naquela sexta, cheguei um pouco tarde da faculdade, já passava das duas, e dei com o apartamento vazio. Minha mãe tinha saído, e então eu me lembrei: era dia de visitas. Almocei sozinho e depois cochilei na frente da televisão ligada. Eu gostava de colocar em um desses canais de notícias, tirar o som e me deixar levar pelas imagens. Eram sempre muito parecidas, as mesmas coisas todos os dias, e eu não demorava muito para apagar. Acordei ali pelas cinco, tomei um banho e fui ver as lutas.

Elas iam acontecer em uma tenda improvisada, em Sobradinho. À distância, o troço parecia um circo decadente, desses que aparecem e desaparecem em cidades do interior. Desci do ônibus e atravessei um terreno baldio que parecia não ter fim e na minha cabeça só havia espaço para leões caindo de velhos e palhaços bêbados que mal conseguiam se manter de pé. O ingresso custava cinco reais e, para ser bem franco, nunca ficou claro se a coisa era legal ou não. Sei que os dois organizadores eram uns sujeitos que mais pareciam gigolôs, usavam pulseiras e correntes de ouro e óculos escuros grandes demais, e a polícia nunca aparecia para incomodar ou, sei lá, zelar pela segurança. Eu tinha a impressão de que os organizadores não cheiravam muito bem, mas nunca cheguei perto deles para saber. Sei que os lugares onde as lutas aconteciam, ginásios esportivos detonados ou tendas improvisadas como aquela, nunca cheiravam muito bem. Até onde eu sabia, qualquer um podia lutar, desde que tivesse um par de luvas de boxe, não importava em que estado de conservação, e mais de oitenta quilos. Eles divulgavam os eventos por meio de folhetos porcamente impressos, pregados nos pontos de ônibus e nas portas dos banheiros da Rodoviária do Plano Piloto. Em geral, as lutas aconteciam uma vez por mês. Naquele junho asqueroso de tão quente, haveria dois finais de semana seguidos com lutas.

Quatro lutas estavam programadas. A última delas seria Pervez contra um policial militar de Taguatinga conhecido como O Tronco. Ambos invictos, dizia o cartaz. Depois, fiquei sabendo que Pervez nunca tinha lutado antes. Não em Brasília, pelo menos.

Assisti às preliminares com desinteresse. Nenhuma delas foi agitada ou ao menos sangrenta. Homens com excesso de peso e desprovidos de agilidade, buscando o *clinch* a todo momento. As lutas foram truncadas e se arrastaram, sonolentas, por vários rounds. Não foram poucas as vezes que cogitei ir embora, mas a lembrança do apartamento vazio, exceto por minha mãe, inconsolável, estirada na cama ou sentada à mesa da cozinha diante de uma xícara de café, era o bastante para que eu não me mexesse. Fiquei ali quieto, ouvindo o raspar dos calçados dos lutadores no ringue improvisado, de papelão, e o som dos socos descuidados, a respiração cada vez mais pesada, um ou outro grito da plateia.

Pelo que eu fiquei sabendo depois, conversando com um vendedor de pipoca, um sujeito simpático que devia ter uns oitenta anos de idade e comparecia a todos os eventos empurrando o carrinho enferrujado, Pervez tinha um ferro-velho em Ceilândia. No dia em que procurou os organizadores dizendo que queria lutar, não deram a ele nenhum apelido. É possível que achassem o nome dele suficientemente estranho ou ameaçador. Tinha os ombros muito largos, como os de um nadador profissional, e os cabelos bem curtos, parecendo os de um recruta. Os olhos azuis, herança da mãe (disse o pipoqueiro) alemã, pareciam ter sido roubados de outra pessoa. Eram dois objetos invasivos, brilhando no meio da pele escura. Ele era baixo e tinha as pernas finas.

O corpo d'O Tronco era proporcionalmente sólido, até mesmo quadrado. Era um negro muito alto, com umas mãos enormes. Não tinha pelos no peito, nas costas ou mesmo nas pernas. A cabeça raspada brilhava. Era uns quinze centímetros mais alto do que Pervez. Eu já tinha visto algumas lutas dele. O tipo de boxeador duro, sem a menor ginga, sempre buscando resolver a luta o mais rápido possível com um desses socos de briga de rua, desengonçados e, dependendo do caso, meio desesperados. Ele batia como se não visse o adversário, como se estivesse no meio de uma briga generalizada em um boteco lotado de bêbados e ele próprio fosse o mais bêbado de todos. O Tronco lutava feio.

Não aconteceu muita coisa no primeiro assalto. Pervez ficou girando ao redor d'O Tronco, tentando, aqui e ali, encaixar alguns *jabs*. Ele sabia dançar. O Tronco se defendia, permanecendo no meio do ringue. Pensei que a luta seria tão arrastada quanto as anteriores.

No entanto, logo no começo do segundo *round*, O Tronco empurrou Pervez para as cordas e acertou dois golpes em suas costelas. Pervez assimilou como pôde os socos e tentou se movimentar, mas aquela presença enorme diante dele não permitiu que saísse dali e continuou a castigá-lo com uma sequência de diretos bem no meio do corpo. Parecia que tudo se encaminhava rapidamente para o nocaute quando, não sei como, Pervez, aproveitando uma brecha, acertou uma direita no fígado e em seguida um gancho fenomenal de esquerda no queixo d'O Tronco, que deu alguns passos para trás enquanto Pervez meio que encaixava alguns socos, todos no rosto, mas nenhum assim em cheio. Então, no meio do ringue, Pervez conseguiu acertar um direto no olho esquerdo d'O Tronco, que caiu sentado, sangue escorrendo pelo nariz e pelo supercílio, e não levantou mais.

Fui embora pensando ter visto uma das melhores lutas da minha vida. Assim que entrei em casa, vi minha mãe sentada no sofá. Minha avó estava com ela, as duas com cara de choro.

"Onde é que você estava?", minha mãe perguntou.

"Saí um pouco. Não queria ficar aqui sozinho."

Sentei-me em uma poltrona, pensando que talvez ela quisesse me contar alguma coisa sobre a visita. Não. Ela ficou calada. Tive a impressão de ter interrompido alguma conversa muito séria entre elas, algo que não me interessava ou que eu talvez não devesse saber. Mesmo assim, continuei ali. Minha avó brincava com a pulseira do relógio, presente que o filho agora preso tinha trazido de uma viagem à Suíça. Elas estavam sentadas no mesmo sofá, muito próximas uma da outra. Eu imaginei que elas estivessem cochichando antes de eu chegar, como se não estivessem sozinhas no apartamento. A diferença é que, na minha imaginação, elas riam de alguma coisa e se divertiam feito duas coleguinhas de escola no recreio.

"Você almoçou?"

Não respondi. Em vez disso, perguntei a ela onde estava o nosso carro. Até hoje não sei por que perguntei isso. Simplesmente me ocorreu, e eu soltei. Ela respirou fundo e disse, abaixando a cabeça, que o carro estava apreendido e eu sabia disso. Senti uma vontade enorme de ir até o carro, não importando onde ele estivesse apreendido, e disse isso para elas. Minha avó e minha mãe se entreolharam, intrigadas, e depois perguntaram quase que ao mesmo tempo:

"Por que fazer uma coisa dessas?"

"O que você quer com o carro?"

Eu também respirei fundo e abaixei a cabeça antes de responder:

"Não sei. Lavar, eu acho."

Depois, pedi licença, fui para o quarto e me deitei na cama, sem acender a luz, descalçar os sapatos ou trocar de roupa. Fiquei pensando na luta. Ainda conseguia ouvir o estrondo que foi o corpo d'O Tronco atingindo o chão. Pervez se afastou e aguardou a contagem. Quando o juiz deu a vitória, ele não comemorou.

DANIELA DOS SANTOS

 **Daniela dos Santos** nasceu em 1984, em Silvânia, Goiás, mudou-se asmática para Anápolis aos sete anos, e de lá, aos dezessete, foi para Brasília fazer Enfermagem. Em 2008 voltou para Goiás tentando ser uma enfermeira decente; em 2009, de volta a Brasília, ingressa no Serviço Público Federal e não atua na área de formação. Começou a escrever depois que viu um blog antigo de André de Leones. Contribuiu para os falecidos blogs familiares "Vale de Tudo" e "Freio", para o "Diversos e Afins" e para a revista eletrônica "Histórias Possíveis"; participou das Rodas de Leitura do SESC em 2008.

E-mail da autora: danielasa@gmail.com

CRIPTOGRAMA DO DIA VIVO

É um real. A coca é dois. O guaraná também. Podia até fazer por menos. O guaraná por um e setenta e cinco, mas todo mundo fazia por dois, ia ser muito difícil dar troco. E num terminal de ônibus, todo mundo reclama por todos os centavos. Vê lá se eu consigo andar de ônibus com vinte centavos a menos. Goiânia. O calor é o diabo! Água mineral geladinha. Já tinha ouvido falar que a água mineral não era mineral nem nada, era só uma água qualquer mesmo, às vezes até de torneira; até que em Brasília se vendia engarrafada água de piscina. E devia ser mesmo, nem tinha selo do Inmetro nem nada.

Um calor do diabo e esse tanto de gente que não sossega. Tem gente na rua o tempo todo. Ninguém está tão satisfeito assim de estar onde está. Gente demais andando. Andando geralmente sozinha. Tem os casaizinhos adolescentes que andam de mãos dadas, usando uniforme de escola, as meninas com um fichário grande recostado ao corpo, espremendo o peito recém-nascido. Será que foram mesmo pra escola? Será que a mãe delas sabe?

Ela mesma não sabia. Nesse momento, sua filha Daiane talvez estivesse dando a mão àquele Wellington. Talvez já o tivesse realmente esquecido, como declarara, novelisticamente, enquanto ajudava a lavar a louça do almoço de domingo. Mas ele certamente não esquecera. Viu no celular dela mensagens até um tanto pornográficas. Vamos nos encontrar na rua de baixo para nos amarmos. Ela tem quatorze anos. Não devia ficar se amando em qualquer lugar da rua de baixo. Falou pra ela. Celular é uma bosta, mãe. Eu vou fazer o quê? Posso não atender quando ele me liga, mas como eu faço pra não ler as mensagens dele?

Ela jurou que não foi. Jura que não foi. Juro que não fui, mãe. Juro que não vou nunca! Não sou doida. Não quero estragar minha vida. Mas mesmo assim, colocou uma camisinha dentro do fichário e outra dentro da meinha azul onde guarda o celular. Não queria que ela estragasse a vida. Já não estava satisfeita. Ninguém plenamente satisfeito onde está e coisa e tal.

Moça, troca vinte pra mim? Uma mocinha de uns dezessete, com roupa de shopping. Troco não, filha. Nem vai comprar nada e ainda vai acabar com o meu troco! É doida!

Nunca nem ela mesma plenamente satisfeita onde estava. Talvez estivesse melhor quando estava na Feira Hippie. Podia levar a Daiane sempre. Ficava vigiando. Mas aquele tanto de gente andando pra tudo que é lado também era perigoso.

Uma água, por favor. Um rapazinho um tanto gordinho, obviamente sofrendo com o calor do diabo e esse tanto de gente passando. Um celular da mão pra orelha e uma cara de quem em criança tentou afogar seu cachorro no tanque e nem conseguiu tentar. Pega a água. É um real. A água vai esquentando na frente do rosto redondinho que não consegue acreditar. Não aquele que não consegue acreditar que Deus existe e o ama. Não consegue acreditar no que ouve. Nem como não consegue acreditar que ouve Cezar Menotti lavando piscina no carnaval. Não consegue acreditar no que está acontecendo. Está acontecendo. Está escrito no rosto quando desliga o telefone, estupefato.

Notícia boa? Demais.

Estupefato de calor do diabo, aquele tanto de gente passando, ninguém plenamente satisfeito e ele mais satisfeito do que já tinha imaginado que poderia estar. E ninguém realmente perto.

Posso te dar um abraço? Pode. Antes de pensar tinha respondido e estendido os braços. Quando recebeu a notícia de que seu financiamento pra compra da kombi tinha sido aprovado, ela abraçou a gerente do banco. Hoje a kombi deve estar encalhada, enferrujando na polícia rodoviária, mas tinha sido muito útil, quando ia de Jaraguá pra feira. Tinha sido um de seus tempos mais prósperos. Mas água também é bom. Vende mais, dá menos trabalho. Realmente bem melhor do que na Feira Hippie.

Me dá mais uma? Água? É.

Comemoração. Ou seria agradecimento? Vinte e oito centavos. É o que ela ganha em cada uma. Água. Um abraço por vinte e oito centavos. Sabia que tinha valido mais o abraço na gerente do banco.

Vinte e oito centavos. Nada. O abraço foi grátis. O Wellington vai se mudar pra Rio Verde. Ser tratorista, parece. Notícia boa demais. Mas, mesmo assim, a camisinha continua na meinha azul onde a Daiane guarda o celular. Gente demais passando. Ninguém plenamente satisfeito.

Enquanto isso, Jean nem sabia que estava prestes a sair do útero, a um pé de ganhar corpo, mesmo que de papel.

Dia Seguinte

Vamos agora, então. Na cara dele, o eco do "ontem não dava, conversa!" Pelo menos não perguntou se ela não queria. Talvez, se perguntasse, ela tivesse coragem de dizer. Mas não perguntou e ela foi logo abrindo as pernas. Vamos logo, sua mãe já deve estar vindo!

Não entendeu, a princípio. Ela já estava abrindo as pernas, ele que fizesse o trabalho de entrar, agora! Ia abrindo a boca, mas se lembrou de que realmente ela havia prometido, achou até graça, bem econômico, aliás — ria na farmácia, pensando se isso é lugar de comprar presente, e riu mais ainda quando viu filas em todas as outras lojas, quase, até no 1,99! — mas ela sabia que pra ela não teria graça nenhuma. É, ela já sabia. Mas, e daí, com o MP3 seria a mesma coisa, só que mais caro. Respira e vai!

Abriu mais, afastou a calcinha e ficou meio deitada, com as pernas arriadas. Ele chegou rindo, com aquela boca de mala na hora do sexo. Frango assado de natal! Ela quis xingar, mas chamaria a atenção da mãe. Estava ali ao lado, na cozinha, esquentando as sobras do Natal. Já era bem perigoso.

Quero você, na sua casa, na noite de Natal. Claro que queria na casa dela. Lá, se fossem pegos, seria ela quem suportaria os olhares por meses. Eles continuariam namorando, ele indo à casa dela, a mãe fazendo pra ele sempre aquela cara de visita, atenta e preocupada, sempre trancada por dentro.

Até se tivesse acontecido ontem, se a mãe tivesse ficado sabendo, pra ele continuaria igual: a mãe com aquele sorriso de plástico oferecendo um café e perguntando da oficina. Não dava pra ter sido ontem. Pelo menos não vou comer só requentado. Mas assado, certamente. Seca, seca! Como poderia ser diferente? Uma entrada bruta e cinco minutos esfregando não davam em nada além de ardência.

"As mulheres reclamam que não têm orgasmos, mas esperam que ele chegue sozinho." Estava muito arrependida de ter lido essa frase na revista. De tanta raiva, nem lembrava quem havia dito (logo ela, que gostava tanto de citações). Agora, era obrigada a contribuir com toda relação sexual sem nexo nem futuro, nessa em curso agora. Não poderia mais desempenhar com tranquilidade seu papel de porta-buceta.

— Daiane?

— Oi, mãe. Tentou fazer uma voz boa, mas sabia que não tinha dado certo. O Wellington estava fazendo peso sobre o abdômen, a voz saiu fraca, cheia daquele xingamento por causa do frango assado.

— Sabe cadê o pano do forno? Se dissesse que não, a mãe iria até a sala pra dizer que quem pegou da última vez foi você, tem que se lembrar, Daiane! Quando ela chegasse, o Wellington já teria gozado, mas estaria ainda com o pinto duro e pingando fora da calça. Virou o rosto pro lado da cozinha, afastou o cabelo dele que estava na sua boca e falou, em paralelo à cara torcida de perigo e pressa.

— Na prateleira em cima da pia. Se afastou um pouco pra direita, já sabendo que ele viria caindo, meio devagar, até se sentar ao lado dela, como se o que tinha acabado de acontecer tivesse sido maravilhoso. Engoliu esse pensamento bem a tempo de olhar nos olhos dele e dizer Feliz Natal, amor.

DADÁ

Pegou na cabeça com as duas mãos e baixou um pouco. Virou os olhos pra baixo e lembrou como se fosse agora, uma vergonha com pedacinhos de raiva no fundo. Isso é a maior bobeira. Talvez nem fosse a maior bobeira. Talvez só brega, é, não lembrou tão bem assim, não como se tivesse sido hoje. Só lembrou mesmo a raiva empoçada no fundo, meio dolorida, apertando na boca do estômago. Não é nada, disse num riso. Mas se quer saber, lembrou sim, como se fosse hoje, que mesmo hoje, se ainda fosse o dia, não lembraria o que era, se a maior bobeira ou muito brega ou o quê; mesmo hoje, ainda teria aquele ódio subindo pela vergonha, com vontade de arrancar aquela cabeça que dizia tamanha crueldade. Certo, nem tanto. Talvez tenha sido muito palha. Muito palha é muito provável, tipicamente goiano. Muito possível. Isso é muito palha — não é nada, no meio de um riso murcho. E dentro do riso murcho aquela raiva, aquela vontade de xingar, de chamar de covarde, de exibido, de chato, mesmo. Muito palha é você! Pior que era isso mesmo: muito palha é você. Não lembrou muito bem, mas achou que era isso mesmo. Pronunciou várias vezes dentro da cabeça segura pelas duas mãos palha é você. Fez muito sentido, ouviu sua própria voz murcha e molhada de cerveja dizendo com um arroto de raiva. Soltou a cabeça e levantou um pouco, muito palha. Uma vergonha vermelhinha subiu acima da boca. Fechou os olhos e os revirou dentro das pálpebras. Dizem que seu avô também fazia isso. Seu avô devia ser falso e envergonhado como ela, palha. Antes de pensar no avô, olhos azuis que só imaginava, disse ainda mais uma vez, palha!, com um arroto de vergonha.

Daniela Mendes

 **Daniela Mendes** nasceu no Rio de Janeiro em 1975, mas não é carioca. Foi baiana aos sete e perdeu a baianice em Roraima, onde descobriu o prazer de ler. Com quinze anos veio para Cataguases, Minas Gerais. Mas o que ela ama mesmo é a barroquice, que aprendeu em São João Del Rei, onde hoje reside.

Blog da autora: http://livrariaobrasineditas.wordpress.com
E-mail: dani.mfsousa@gmail.com

Monstro

O menino a esmagar entre os dedos um pássaro miúdo, as penas se amassando, as vísceras explodindo, os olhos saltando para fora. Uma mão, só uma, a força do pequeno animal se esvaindo, uma vida, a força de criação divina é a de destruição também. Dez anos de idade, nega o angélico às bochechas coradas e faz deste rubro um vermelho demoníaco, que também jorra de suas mãos. Um vermelho de um bebê passarinho, restando entre os dedos só penas e ossinhos. E a mãe do bichinho, lá no alto do ninho, observa tudo em silêncio, sem lágrimas nem desespero, o que se há de fazer contra tão descomedida criatura? Pensa na injustiça. Poderia fazer muito mais com todo aquele vigor.

De dentro da casa a mãe da criança grita; é preciso conservar a limpeza da roupa, o lustre do sapato, os cabelos escovados, a pele seca. O menino se toma de horror, se livra dos restos de pássaro como se fosse catarro e corre à mangueira para lavar as mãos. Enxuga-as em segredo por dentro do bolso da bermuda e as dá em obediência à volumosa senhora. De dentro do táxi, vê postes e pessoas, postes e pessoas. Quantas janelas tem aquela casa? A senhora um tanto embaraçada, não sabe suprir de palavras o seu filhote. Viveu tanto, e nem para si encontrou respostas. Só pensa em Deus, que os anjos protejam a alma dos desafortunados.

Chegando ao destino, tudo negro, tudo cinza e flores coloridas. Uma cruz, Jesus, todo ensanguentado. Uma roda grande de pessoas e no centro dela uma caixa, trabalhada e comprida. Lá dentro o amigo do menino, com algodão nas narinas, não respira mais. De gravatinha e dormindo de mãos dadas com si mesmo sobre o próprio peito. Chamam de caixão, contam e recontam o caso, ora um acidente, ora deus sabendo o que faz. E bem quietinho pensa o menino cá com seus botões: *nada tem de caixão*. É uma caixa bem pequenininha para alguém tão grande, que naquele mesmo dia lhe dera um murro na cara.

Está muito calor para falar de amor

Está muito calor para falar de amor. Nada de sovaco, de pelo e de abraço, namoradas que nem macacos, espremendo cravos nas costas de seus namorados. A bunda melada no assento espera o telefone tocar, grávidas inchadas sugando guaraná. As mãos carinhosas servem de lenço, catarro de criança misturado com barro na cara. Buquê de flores desmaiadas na repartição pública. Catarro de criança misturado com poeira na cara, melancias e mexericas fervendo no asfalto, eu te... com cheiro de cano de descarga? Cigarro misturado ao óleo diesel.

Ah, chocolate derretido, vinho pervertido, bancos de jardins quentes como frigideiras. Cabelos de musa despenteados e fedidos, suor do rosto amarrotando a folha de um livro. Restaurante com cheiro de gordura queimada. Lágrimas apimentadas de tão salgadas, tudo por causa da conta de luz atrasada.

Blusa de nenê com leite coalhado e ressecado, a pele brilhante de látex esticado na cara da loura gostosa, a micose entre os dedos do príncipe de sunga.

"Meu coração é uma caipirinha de limão com bastante gelo, sem açúcar nem adoçante", foi o que ele pensou.

Olhou com impaciência a vida lá fora, largou o computador ligado com o descanso de tela, Relata refero! Relata refero!, coçou a bunda e foi até a cozinha pegar uma cerveja gelada. Depois foi até a estante, tirou uma bolacha preta do Clapton, colocou no aparelho antigo e fechou os olhos.

Então eu saí sem saber se ele continuou ou não a escrever. Creio que, sem mim, falou de amor.

BLACK IS BEAUTIFUL

(DA SÉRIE: NÃO SERIA TRÁGICO SE NÃO FOSSE MÚSICA)

Há quantos anos Artur não acreditava que um acontecimento poderia ser fortuito. Rebaixara a esperança à vulgaridade, e agora entendia que era feita com a massa das surpresas. Não queria mais ser filósofo, desejou por toda a vida esquecer cada profeta. Só para ver renascida em si aquela ânsia e alegria diante do acontecimento do belo. Como era bom sentir-se um verme do sexo ao perseguir a carne negra, pelas ruas poluídas e inundadas de gente barata. O que fora até então senão uma pele alvejada? Com todas as forças, queria colorir-se: tinha pavor de imaginar a vida lhe negando esse capricho. Só queria sentir aqueles glúteos vivos, se movendo dentro da palma de suas mãos. Imaginava sua mão transbordando no rebolado e escorregando seu dedo bem próximo à fenda, que engoliria seu indicador. Enquadrar as costas segurando-o pela cintura e sentir o membro intumescer dentro do traseiro, enquanto aquele cheiro de castanha adocicada ficaria mais forte à medida que o ato fosse se consumando. Por toda sua vida, por que perdera tanto tempo com os iguais a si? Pensar que o couro lanoso da cabeça daquela prenda de ébano bem poderia lhe esfregar a barriga, relaxando seu ventre, para ter o pênis sugado e o cu violado em retribuição. Não conseguia se decidir qual abordar. Quantos negros lindos ele via! Agora, todo projeto de sua vida se resumia em ter um homem de cor. As pernas bambeavam e o desespero aumentava na proporção do cansaço. Não podia chegar em casa derrotado. Levou toda a juventude para expurgar necessidades, e agora, em vingança, a cobiça lhe dera uma rasteira, levando sua incapacidade de amar a uma bestialidade jamais experimentada. Artur, se impossível fosse a satisfação do apetite, se jogaria na frente de um carro. E se caso se descobrisse tão covarde para dar cabo à vida, cairia de joelhos e choraria feito um bebê.

De repente, quando já se encontrava na Rua do Ouvidor, encontrou um tipo parado, com a carapinha colorida de amarelo e o boné desbotado. Erguia com uma mão um compact disc e gritava:

— Olha ê! Olha ê! Bruno & Marroney cinco real! Cinco real! Cinco real! Bruno & Marroney baratinho...

Artur, em sua loucura, agarrou os punhos do garoto, sem poder medir pela vertigem da explosão de lascívia o descomedimento do bote. O menino levou um susto e se livrou, como se de sabonete fosse. A mão de Artur no ar, sentida por um relâmpago que lhe passou raspando para lhe inventar mais carência ainda...

Outro belo negro, mais maduro, atribuindo muita nobreza a Artur, o consolou:

— Ô doutor, ele pensou que fosse um fiscal.

Artur pensou: *se eu fosse negro, ele não fugiria...* Queria ser um negro lindo agora, à altura daquele ali. Contudo, mesmo sem o ser, não se intimidou:

— E você? Qual o seu nome?

Para M.E.

DHEYNE DE SOUZA

 **Dheyne de Souza** nasceu em 1983. Escreve principalmente poesia, tem trabalhado em artes plásticas e colabora nos ambientes de Histórias Possíveis (historiaspossiveis.wordpress.com) e Vida Miúda (www.vidamiuda.blogspot.com, com o pseudônimo de Ana). Vive em Goiânia.

Blog da autora: http://dheyne.wordpress.com
E-mail: dheyness@gmail.com

CADELA

Tudo que poderia retirar dali, antes, de si a partir daquele olho, desmazelo de sede, fome, era cio. Mas era de si que tratava, dos seus batons enumerando os dias no espelho de bordas ferrugens, as suas meias desfiando as mãos de calos, os seus não pelos margeando o gozo. Do que tratava era o tempo embotado nas cores, nas sedas, no esmalte desgastado dos dentes. Não era o lençol limpo onde caíam os joelhos, era a borda do colchão das unhas. Não a janela, a porta, a banheira, eram os cantos consumidos das horas. Eram as arestas das omoplatas caídas, as esquinas das tintas nos olhos, a imprudência do choro. Não era o corpo abotoado e rasgado, cedido e catado, puro. Era o ângulo num elemento escapado, uma fatia do não, do nunca, do nada ameaçando na quina. Era a noite que não caía com a água, a nuvem que não saía com a espuma, o poro que não se saciava com o *rouge*.

De linhas e omoplatas

Ela risca o seu braço entalhado nas linhas dos livros, das árvores, dos ônibus, da estrada. Ela risca e segue o traço das suas veias, sua imagem coagulada na memória. Seus poços desaguando em seus poros. Suas gotas de mar chovendo em seus seios. Espirala seus dedos e aponta ali uma cratera de sonhos. E segue.

No caminho tortuoso das suas costas ela encontra casas impenetráveis, acaricia as soleiras, espia uma ou outra janela aberta, cortinas ventando, telhados molhados. Penetra um pouco mais, os móveis gemem estrofes brancas, colagens trêmulas, pássaros presos, paredes. As unhas infiltram seu dorso. Escapa pelos retratos, arranha o tempo. Prossegue mais.

Descobre frestas lânguidas, titubeando naquele escuro o mistério alvo. Risca à língua os labirintos, trança na lâmina os ciprestes, e se afasta a observar o desenho do seu corpo. E o persegue.

As gotículas diminuem na medida em que se distancia, as pousadas menores na sua respiração cortinada, os vasos liliputianos na mesa. Seu corpo inteiro mapa.

Seu corpo inteiro segue, deita uma outra cidade à altura das suas omoplatas.

Num disco banido

Sentado ali, como um disco cansado e desavisado do som. Os outros móveis respeitando o seu silêncio pendido nos ombros, nos encostos, nas hastes como pós perdidos de si. A rua do outro lado da parede, jogando vidas ao tempo, gritando pressas, instantes sós, em amarras. Na cozinha um pingo d'água atrás doutro, numa canção de ninar a uma busca ilusória, a um amor desistido, após outro. O som do quarto era frio, parado, lasso, acuado, perseguindo uma sombra de gato, no escuro. A porta queixava um arranho, a janela um baço, a lua um véu.

Mas ele muito capaz ali, à espera. Não pensava, não. Não queria. Desejava tampouco. Mas sabia do a qualquer momento.

Foi quando ela entrou. Passou os dedos nos móveis, cantaram, foi rude. Da rua a água nos pés, tirou do cílio as gotas, ceifando no chão ranhuras pisadas. Na cozinha, violou a sequência dos pingos, cremou-lhes o contato escasso de peles, jorrou da torneira paixões devastadas e líquidas e deixou-as pecando o silêncio. No quarto, arranhou as paredes, faiscando nas unhas a tinta branca de gelo, rasgou um sorriso e aproximou-se dele.

Ele ali, incapaz. Girou o seu corpo a sua voz os seus poros com o hálito que fundia atroz nos seus dentes, ensaiou canções com os dedos, sem tocá-los. Ele ali, de uma capacidade involuntária, inválida e infeliz. Mas o seu corpo arriscava aplausos, como um espinho arranha canduras. Já não poderia dizer o quanto daquilo sonho quando ela entoou no seu lábio a ponta vermelha da sua unha de cal, como uma agulha pródiga num disco banido.

ERWIN MAACK

 **Erwin Maack** é carioca paulistaniza-
do de ascendência sírio-alemã (sim, é
possível). Passeia por enciclopédias e
escreve contos.

Blog do autor: http://www.mapadagua.com
E-mail: erwin.maack@gmail.com

ANATOMIA

Madre, yo al oro me humillo:/ él es mi amante y mi amado, / pues
de puro enamorado,/ de continuo anda amarillo;/ que pues, doblón o
sencillo,/ hace todo cuanto quiero,/ poderoso Caballero es/ Don Dinero
Francisco de Quevedo

Em Pondcherry, uma estação ferroviária na Índia, um senhor
coberto por quase trapos, outrora brancos, vendia panipuris
e garapa em uma barraca, havia treze anos. Panipuris, espécie de
pastel crocante feito com pão ázimo e recheado com batatas e
tamarindo, muito popular por ali. Trabalhava com alegria, como
se estivesse brincando. Ao redor da barraca, na entrada do lugar,
uma mulher varria a estação com um maço de folhas secas amar-
rado na ponta por um cipó, sem a haste, o que a obrigava a ficar
agachada para limpar cada partícula de pó estranho, afastando
também, meticulosa, os restos e detritos do caminho dos passa-
geiros. O vendedor me informou que ela trabalhava para ter o
direito de dormir num banco da estação, à noite, após completar
a sua jornada. Haviam chegado juntos do interior. Não se co-
nheciam.

Eu esperava o meu trem. Me sentei ao lado de um homem
calvo, a pele da cor do couro, lisa e envernizada por anos de expo-
sição ao sol, com trajes ocidentais que aparentavam uso excessivo
e lavagens seguidas e óculos redondos de aros dourados, olhando

estático o vazio. Ofereci um dos pastéis como forma de diálo-
go. Ele não aceitou, mas abriu um suave sorriso incentivando
o papo.

Falei sobre o contraste entre aquela calma e as bombas explodindo em Mumbai. Ele apenas ouvia, olhava alternadamente
para a cena e para mim. Aproveitei para falar daquela pobre mulher, que comia com os trocados dados pelos pedestres. Ele me
perguntou o que eu fazia por ali. Respondi que buscava a minha
paz (*chanti*). "Pois bem, ela é um exemplo para você. Ela encontrou a paz. Não carrega mais nada inútil consigo."

Chegou o meu trem. Ocupei o meu lugar. O vagão estava
lotado. Acomodei a mochila de viagem entre os meus pés, pesada,
cheia. Pensei um pouco naquelas palavras e resolvi dar seu conteúdo, distribuindo calças para quem estava por ali. Fiz o mesmo
com as camisas e todos os outros utensílios, aliviado, enquanto
lutava contra o meu vizinho de assento — que girava a mão em
círculos no lado da cabeça, indicando o meu estado de espírito.
Eu sorri e disse: "*Shanti. Shanti.*"

***

Ao sul da Índia, no hospital de Nallamada, um suicida res-
suscita. Ao redor de seu leito, sorriem os que lhe devolveram
a vida. O ressuscitado olha para eles e diz: "Estão esperando
o quê? Que eu agradeça? Eu devia cem mil rúpias. Agora vou
dever também quatro dias de hospital. Vocês, imbecis, me fize-
ram esse favor". (Eduardo Galeano em *Espelhos - Uma Histo-*
ria Quase Universal)

***

Gupta trabalhava para Jaya Chama Rajendra Wodeyar, vi-
gésimo quinto Marajá de Mysore. Era habitualmente chamado
para conversar sobre filosofia e história. Apesar de não entender
exatamente o que o Marajá dizia, gostava de se quedar ouvindo
o som das palavras, vendo as expressões que o rosto do patrão

assumia. Todos os dias, o livro em que eram anotadas as observações e mementos se abria e os sons escapavam, dando ao mundo nomes, cores e fragrâncias.

Gupta percebeu rapidamente o valor incontestável do dinheiro. Prático como sempre, arregimentou uma pessoa para ficar na estação com uma roupa adequada e se aproximar dos turistas, respondendo a qualquer pergunta e incentivando a doação do peso que carregavam para encontrar o caminho da felicidade, sempre mirando o céu. Depois disso, outros contratados, quando a representação terminava, entravam no trem destinado ao viajante e ficavam por perto, recolhendo as doações.

Os bens eram apreciados e muito bem pagos. Gupta vendia muito, e barato. Ampliou o seu esquema em várias estações que recebiam turistas, e assim podia viver consumindo sua alma e ainda manter suas três mulheres, que tinham tudo de que precisavam. Davam-lhe filhos, e ele, livre vazão ao seu desejo.

Quando precisava de paz de espírito, ideias e sabedoria, ouvia as palavras de Jaya.

CÓLON

Ora, as nossas leis são como teias de aranha: as simples moscas e
as pequenas borboletas são apanhadas; os grandes moscardos malfazejos
as rompem, ou as atravessam. Semelhantemente, não procuramos os
grandes ladrões e tiranos; são todos de dura digestão, e nos sufocariam;
ora, vós outros, gentis inocentes, aqui sereis bem inocentados; pois o
grande diabo vos cantará a missa.
François Rabelais, *Gargântua e Pantagruel*, vol II, cap. XII

A garoupa de uma cédula de cem reais guardada no bolso traseiro da calça: este é o meu destino. No verso, uma efígie da
república, de olhos vazados e ouvidos moucos, não fala comigo.
Testemunhei poucos fatos nesta vida, não sou muito dada à circu-
lação. Estou no bolso deste homem, que não me tira do lugar de
maneira alguma. Me saca apenas para me olhar. Demoradamen-
te. São olhos sonhadores e, ao se embaçar, volto ao bolso.

O portador fugiu de Nazaré da Mata. Dos sopapos do pai.
Da vida sem vida. Da rigidez e da falta de imaginação. Do evan-
gelho segundo o bispo. Não quer transformar o mundo, apenas
conhecê-lo. Viajou para o sul. Após terminar o segundo grau, no
colégio estadual, começou a trabalhar em todas as horas de que
dispunha no dia.

O auge de sua carreira foi na universidade. Era auxiliar na
tesouraria. Conseguiu comprar um apartamento, a pagar em mui-

tos anos com o financiamento da Caixa, e se casou. Gerou dois filhos homens. Perdeu o emprego, envolvido sem saber em uma disputa entre os chefes, acusado de participar de um desfalque. Após provar sua inocência, pediu todos os direitos sonegados na época da demissão. O processo se arrasta na justiça. Ultrapassou todas as fases, matou todos os monstros, mas não ganhou vida. Ainda não recebeu.

A mulher também o despediu, o acusando de ser um banana. Fez todo o possível para mantê-la, continuar vivendo ao lado dela, deles. Foi impossível. Desistiu. Desempregado, sozinho, conseguiu manter-se na superfície durante cinco anos, fazendo bicos. Um amigo lhe disse: "Você tem um metro e oitenta e cem quilos, é ideal para trabalhos de segurança". De fato, foi aprovado e fez o treinamento por duas semanas; passou a trabalhar oferecendo corpo e semblante para assustar traficantes, cobradores e infelizes de forma geral. O treinamento foi básico. Códigos de rádio usados pela polícia, perguntas e respostas mais frequentes dos clientes, e o mais importante: *ficar em pé, sem nenhuma expressão no rosto, nenhuma resposta fora do manual.* Após o curso de tiro, abriu-se a chance de trabalhar em agências bancárias por um salário melhor. Pouco melhor. Recusou.

Recebeu uma intimação. O apartamento será leiloado. Foi condenado pela falta de pagamento das despesas de condomínio, durante os meses de desemprego. A dívida é equivalente ao valor da residência. "Não entra na minha cabeça. Pagar o imóvel em vinte anos e perder tudo em cinco?", repete a todo instante. Tentou fazer um acordo, conversou com a síndica, com os demais condôminos, fez assembleia. Impossível. "O meu saldo de salários na Universidade ainda não foi pago. O advogado não consegue resolver a questão - coisas da justiça - nem negociar o pagamento parcelado da minha dívida." Ele também me despediu.

Troquei de calça. Estou em outra, e bem quente. Mas o tempo está fresco, o calor me abafa. Ele está caminhando. Saiu de sua edícula nos fundos da casa dos tios. Um casal de velhinhos. Ele passa o dia todo debruçado sobre a Bíblia, lendo, relendo, escrevendo; fazendo contas. Conta os níqueis para não sair do orçamento. Coisa de velho.

Agora, estou toda molhada. Ele percorre os quilômetros desde seu quarto, quatorze, para apanhar o filho mais novo, com quinze anos e já da mesma altura, olhos grandes, bem abertos, redondos e pretos. Tomam um ônibus para um parque da cidade. Parque do Povo. Imaginam jogar tênis. Grátis. Aprendeu a agenda gratuita da cidade. Podem jogar um *game*, quando chegar sua vez na longa fila que se forma. Ouço o filho perguntar se eles têm que sair de casa. Ele desconversa. "Depois falo com sua mãe." Não diz mais nada. O *game* é rápido, ele está pregado. Resolvem visitar a feira de Nossa Senhora da Achiropita. Comida farta. Boa. Barata. Lotado. Gente saindo pelo ladrão. Contentam-se em comer uma *foccacia* em um boteco de beco. Voltam para casa, felizes e risonhos.

Ao entrar no carro hoje, estremeci com o peso do seu corpo sobre mim. Apesar de acostumada, o berro que ele deu após fechar os vidros foi ensurdecedor, longo, como aqueles que o pai dava ao chamá-lo para o castigo, após alguma reclamação da escola ou do vizinho. Estamos levando um juiz de Direito, amigo do patrão dele. No caminho, ele conta suas histórias. Começou na advocacia tirando da cadeia um pai incestuoso, libidinoso e reincidente. "Precisava de dinheiro, faria qualquer coisa, só queria tirar o cara de lá. Hoje, depois de tanto tempo, aprendi a ganhar dinheiro, e não quero mais fazer isso. A advocacia também deve ser ética; aprendi com o exemplo do meu pai. Ele era botequineiro. Vendia fiado para os fregueses para cobrar no dia do pagamento. Sempre que um devedor encontrasse algo que dizia não ter consumido, meu velho, resignado, subtraía o contestado, e me dizia: 'Filho, hoje eu saco os vinte, e não brigo. No outro mês, eu pego trinta de volta.' Era um cara muito esperto. Aprendi muito com o tribunal do júri. Lá se aprende a improvisar, conquistar as pessoas. Um advogado me apontou o indicador na frente de todos, me acusando de ser cúmplice do réu, acusado de homicídio; olhei bem para a cara dele, segurei a ponta do dedo em riste e disse: 'Se você fizer isso de novo, garanto que o nobre colega só usará a mão esquerda de hoje em diante'. Aprendi a frase com o Baretta na TV, no dia anterior."

Não há tempo para almoçar. Ele compra um abacate e um pacote de aveia, mistura e come. Gosta também de iogurte com milho, batidos no liquidificador. A vitamina preferida é a de abacate com mamão e leite. Ele, invariavelmente, toma por dia dois litros de leite. Fica diante do computador e pesquisa o funcionamento do aparelho digestivo humano para ajudar nas tarefas escolares do filho. Google. Desde a ingestão até a evacuação, os alimentos passam por cinco ou seis metros de intestinos. *Aos poucos, o que resta daquilo que outrora era chamado de alimento vai passando por outro esfíncter: o esfíncter íleo-cecal. Atingirá, assim, outro segmento do tubo digestório: o intestino grosso. Neste segmento ocorre uma importante absorção de água e eletrólitos presente em seu conteúdo. O quimo vai, então, adquirindo uma consistência cada vez mais pastosa, e se transformando num bolo fecal. Fortíssimas ondas peristálticas, denominadas ondas de massa, ocorrem eventualmente e são capazes de propelir o bolo fecal, que se solidifica cada vez mais, em direção às porções finais do tubo digestório: os cólons sigmóide e o reto. Encontraremos o reflexo da defecação. O enchimento das porções finais do intestino grosso estimula terminações nervosas presentes em sua parede, através da 'distenção' (sic) da mesma. Impulsos nervosos são, então, em intensidade e frequência cada vez maior, dirigidos a um segmento da medula espinhal (sacral) e acabam por desencadear uma importante resposta motora que vai provocar um aumento significativo e intenso nas ondas peristálticas por todo o intestino grosso, ao mesmo tempo em que ocorre um relaxamento no esfíncter interno do ânus. Desta forma ocorre o reflexo da defecação. Se, durante este momento, o esfíncter externo do ânus também estiver relaxado, as fezes serão eliminadas para o exterior do corpo, através do ânus."* Derruba o copo, suja toda a calça e o sapato.

Saiu correndo, está em cima da hora. Recolhe o juiz e o patrão.

"Como foi seu almoço?"

"Bem, obrigado."

Ambos conversam animadamente, contando dos tempos dos bancos escolares. Fizeram a mesma faculdade. Têm amigos em comum. O patrão pergunta:

"Será que você conseguirá me tirar desta confusão? Falência é fogo."

"Claro que sim. Não se preocupe mais, agora está comigo. E está resolvido. Pronto. Simples. Farei o seguinte: perguntarei a deus se ele pode transformar o meu canivete em uma espada para que eu possa matar o leão que tenho diante de mim. O leão, claro, perguntará se ele pode fica ainda maior, para me liquidar de um só golpe. Mas eu confio no meu poder de *argumentação*. E sairei vencedor."

"E se deus não se meter?"

"Nesse caso, a minha última fala será a seguinte: 'Bem, então o senhor pode se sentar nessa pedra, e se afaste, porque verá uma briga das boas, e jamais perdi uma delas."

São onze horas da noite. Ele carrega a valise para o patrão e a deixa sobre a escrivaninha, na biblioteca, ao lado de um livro aberto. Não consegue deixar de observar. As páginas estão esbranquiçadas, a tinta se gastou. Um parágrafo está escurecido, forma uma faixa escura. Ouve, atrás de si:

"É de tanto eu ler e passar o dedo sobre as linhas. Esta faixa não tem mais nenhuma delas, mas as sei de cor: *A verdade foi propagada a partir da Revolução em França, que decapitou o Rei...*"
Sinto a palpitação do corpo, tremores, suores, ele acabou perdendo a voz, está rouco, quase afônico, e conta para o patrão o seu problema, o seu drama inteiro. A impossibilidade de arranjar um lugar para os filhos e a ex-mulher. Dá todos os detalhes. Informa do leilão. E ouve, após breve pausa:

"Infelizmente, não há nada que eu possa fazer. Sinto muito."

MICHIKO

Existe um temor no Japão de que a sociedade japonesa seja um
telhado de telhas, mantido no lugar pelo posicionamento cuidadoso de
cada membro e que, se um falhar, a estrutura toda começará a se des-
fazer. Não é verdade, claro. Mas a eficácia de um medo nada tem a ver
com a sua realidade. As telhas, mantidas no lugar como ondas perma-
nentes, são mais fortes do que parecem. Em telhados antigos, crescem
musgos, ervas e capins e até touceiras ocasionais de flores silvestres.
Will Ferguson, *De carona com o Buda*

Ontem fiquei emocionada ao ver a aparência esgotada de minha amiga de tantos anos. Veio após três meses de agonia do marido, decorrente da doença causada por um agente adormecido, durante os últimos vinte anos, no corpo do engenheiro. Ao acordar, o matou. Tinha trabalhado nos projetos da NASA — Apolo, Saturno, Ônibus Espaciais. Quase dois metros de altura, claro, olhos azuis. Forte, e agora morto. A única equivalência entre ambos: cento e cinquenta. Os quilos e os centímetros de um e de outro têm a mesma expressão numérica.

Trouxe consigo o passado sorridente, desconfortável e distante, recém-chegada do Japão, onde — conta — aprendeu, com sua professora primária, a ser uma boa pessoa para impressionar os americanos, que assim perceberiam que japoneses também eram humanos, e humanos de ótima qualidade.

Para ser uma boa pessoa: cumprir seu dever sem descanso. As filas na escola, com músicas marciais e saudações ao diretor, eram lembradas até hoje. De três em três, calculadas com base na altura, do menor ao maior.

Me contou também a história da mãe, da viagem que a mãe fez para Xangai a fim de que seu irmão cuidasse dela. Afinal, com vinte e três anos e ainda solteira, estava muito próxima de nunca se casar.

Seu ex-noivo fora mandado para a Manchúria e lá se casou.

Gastava pelo menos uma hora para pentear o cabelo. Shimada, é o estilo do penteado, lembrando as asas da borboleta. Conforme a tradição, mantinha a pequena tonsura no alto da cabeça, símbolo de sua virgindade. Na China, encontrou o marido. Homem disciplinado, soldado, batalhador e pobre. O irmão era intendente do exército de ocupação. Cuidou bem da família, até que todos os seus bens fossem confiscados. Fugiram de lá, assim como os ingleses algum tempo antes, e durante a travessia viram o clarão magnífico, dissuasório, estremecedor e aterrorizante, anunciando o final da guerra.

Não obtiveram autorização das autoridades americanas para desembarcar em sua cidade, e foram alojados numa ilha próxima, Conseguiram sobreviver até os anos sessenta, ao mesmo tempo em que multidões se reuniam para protestar contra as guerras. Pessoas com faixas e dizeres, berrando: *Wernher von Braun - Pai da Bomba*. Resolveram tentar a vida na América do Sul.

Chegaram a São Paulo pouco antes da morte de Massateru Hokubaru. Ele emigrara em 25 de abril de 1918, junto com outros mil e oitocentos japoneses sonhadores. Testemunhou daqui a derrota de sua pátria, custando a acreditar no que via. Lutou contra os amigos derrotistas. Acabou por encerrar um ciclo e se tornou brasileiro.

Michiko veio numa das sucessivas ondas que o mar lançara às praias do Brasil, atestando a derrota naquela batalha. Os tufões, que haviam protegido o país da invasão de Kublai Khan em tempos passados, tinham se recusado a aparecer.

***

Segundo a mitologia japonesa, o Japão foi primeiramente criado na mente da deusa Amaterasu e se manifestou em forma após a declaração divina anunciando a descida do ideal celestial sobre a Terra: um país que perdurará por infinitos anos é a terra governada por gerações e gerações pelos meus filhos e netos.

***

Estudou. Tentou a vida trabalhando. Parecia gostar da liberdade que encontrou, mas não da forma como as coisas eram feitas. Viajou para a América e lá se casou. Passou a viver em Utah, onde enfrentou e venceu todas as resistências.

Nossa amizade sobreviveu por meio de cartas e das sucessivas vindas ao Brasil. Uma dessas deve ser mencionada, aquela feita após o onze de setembro. Veio sozinha. O marido não suportava a ideia de viajar de avião sem que a cabine fosse blindada. Não correria o risco. Além do mais, o clima equatorial seria desastroso para a sua saúde. Jantamos em casa. Ao final, deitou-se, pálida, no terraço. Pediu para segurar minha mão. Estava gelada. Queixou-se de dores no peito. Imaginei o pior. Consegui encontrar um médico que a medicou e estabilizou. Dias depois, piorou novamente e voltou de imediato para casa. Estava preocupada com o marido, já doente, e não conseguia pensar em mais nada. Escreveu-me de lá, para agradecer a hospitalidade; criticou o tratamento que recebera e, finalmente, encontrou outro médico, na Califórnia, que compreendeu seu problema. Estava bem.

Escreveu entusiasmada com as eleições. Preocupava-se com o domínio dos candidatos de extrema esquerda. Uma política liberal em excesso pioraria todos os problemas do país. Acreditava que o governo eleito poderia chegar a soluções, se conseguisse reunir em torno de si as forças mais conservadoras da nação. Decepcionou-se progressivamente.

Agora veio, viúva e pensionista, e passou o dia comigo. Trouxe presentes para mim — o boné da National Rifle Association do marido, como recordação — e para minha filha — um curso de inglês da Berlitz. Estava alegre. Ela sempre sorri e mantém uma distância segura, uma rota de fuga. Engajada, como sempre, comentou que uma nação como aquela não poderia ter como programa de governo apenas uma palavra: "Change". Definitivamente — declarou —, estavam sendo governados pela esquerda. Bastava ser homossexual, afrodescendente ou pertencer a alguma minoria para se eleger representante popular.

Trouxe uma parte das cinzas do marido para colocar no Pavilhão Dourado — Kinkakuji —, um templo xintoísta, réplica do templo de Kyoto, antiga capital imperial. Lá, servirão como exemplo para a família, seus descendentes e visitantes. Ficou indignada com o fato de a sua bagagem ter sido violada. A urna que continha o pó, apesar de declarada, alarmou a segurança.

Corremos o dia inteiro para religar a eletricidade, a água e o telefone na casa de sua mãe. Todos os fornecimentos haviam sido interrompidos, a mãe interrompendo suas necessidades simultaneamente. Não lia mais durante a noite, cozinhava no fogareiro e a água era comprada ou emprestada. Jamais conseguiu falar português.

Estávamos exaustas. Aceitou um chá, mencionando que até hoje se correspondia com sua professora, agora com oitenta anos e ainda escrevendo em uma caligrafia magnífica. Na última carta, contou que os chineses exportaram chá contaminado, causando aos japoneses um sério problema de abastecimento. E exclama: os chineses jamais esquecerão a guerra. Triste, não?

Pela primeira vez me contou de sua cidade natal. Dos amigos, parentes que ainda residem lá. Colocou um anúncio no jornal local para encontrá-los. Ela é de Nagasaki, a cidade que é o portal tradicional para entrada na China. Contou também que jamais mencionou o nome da sua cidade nas conversas entre americanos. Não queria causar embaraços inúteis.

Percebo que não é só uma pessoa, mas uma ilha inteira que emigrou. Tem as respostas mais extraordinárias para as perguntas mais comuns. Mencionou o fato de nossas vidas serem muito ordinárias e parecidas, com diferenças insignificantes nas narrativas e resultados. O verdadeiro drama está no desenlace. Acrescentou: nós valorizamos a morte. Contemplamos as cerejeiras, as flores silvestres, a lua da colheita, as folhas de outono e a neve em templos antigos.

Ela se veste com uma roupa ocidental, apenas o seu penteado remete ao tradicional, enfeitado agora por duas mechas brancas. Conseguiu comprar um quimono parecido com aquele que sua mãe descreveu, na sua juventude, e que havia sido vendido em troca da passagem para a retirada da família. A mãe vendeu, ela resgatou. Na primeira fuga, perderam o embarque. E aquela embarcação foi a pique, atacada por um torpedo. Agora, confidencia, tem um namorado, chamado Lafcadio, profundo conhecedor da cultura japonesa. Se ele não quiser se mudar de Utah, e não pretender se casar, com ele recomeçarei minha vida.

GERUSA LEAL

 **Gerusa Leal** nasceu em Recife, Pernambuco. Mora em Olinda. Frequentadora das oficinas de criação literária do escritor Raimundo Carrero, é colaboradora da revista eletrônica *Histórias Possíveis* e, eventualmente, dos sites *Interpoética, Diversos Afins e Escritoras Suicidas*. É autora de poemas e contos, alguns premiados, publicados em coletâneas e antologias diversas. Em 2006 foi vencedora do Prêmio Edmir Domingues de Poesia da Academia Pernambucana de Letras, com o livro *Versilêncios*.

Blog da autora: http://www.flor-de-gelo.blogspot.com
E-mail: inter.g@terra.com.br

O BONECO GIGANTE

E ra meia-noite e as ladeiras estavam quase desertas. Sentado no batente olha as moças que desciam pela outra calçada, rindo e conversando, dá uma última baforada, levanta, atravessa. Ela puxou a amiga para o meio da rua; a lata de cerveja caiu no calçamento rolando ladeira abaixo; olharam uma para a outra e apertaram o passo. Ele se vira, observa. Pingos de chuva anunciam mudança no tempo. Quando as duas estavam para virar a esquina um assovio cortou o silêncio. Do beco, surge outro rapaz. Caminha direto para elas, bloqueia a passagem. Lívia puxou a mão; Sílvia apertou forte e a arrastou de volta para a calçada. Aceleravam ainda mais e escutavam as passadas que pareciam cada vez mais rápidas e mais próximas. Lívia soltou-se e começou a correr parando alguns metros adiante. Sílvia apanhou a lata de cerveja que parara no meio-fio e num só movimento se voltou e arremessou contra um dos rapazes acertando na cabeça. Ele solta um grito e avança. Lívia assistia, sem sair do lugar, à amiga sendo acuada pelos dois estranhos. Sílvia andava de costas tateando no ar e num salto estava dentro do jardim. Eles pulam atrás. Sentiu um puxão no cabelo e caiu. A mão forte tapando a boca e a dor fina do joelho nas costas. A outra mão se enfia pelo meio das pernas. Uma luz se acende dentro da casa, os dois fogem. A luz apagou e ela ouviu a voz de Lívia chamando. Levantou-se, com a ajuda da amiga pulou o muro de volta. As fitas coloridas da decoração carnavalesca, batidas pelo vento, chicoteavam e se emaranhavam nas cordas em que haviam sido penduradas.

Abrigado sob a marquise, o boneco gigante sorria para as moças, soluçando abraçadas na chuva, à meia-noite e cinco daquela quarta-feira, uma semana depois de cinzas.

Toque

A verdade é sempre estranha: mais estranha que a ficção.
Lord Byron

A verdade? A verdade é que Valentina era engraçada. Me fazia rir quando se chegava, completamente bêbada, com aquela voz de surdina, os olhos de mormaço, aquele vestido básico, sem brincos, sem adereços, totalmente à vontade, os pés descalços, lábios feitos para sorrir, e pedia, toda lânguida: toque.

E por alguns momentos, em silêncio, a respiração suspensa, se entregava ao improviso dos meus dedos se alternando nas chaves, dos lábios se amoldando ao bocal. Mas logo, arfante, pedia vibratos, eu manipulava o diafragma, recorria às cordas vocais, estremecia o instrumento com as mãos.

Me empolgava e logo, aumentando a contração dos lábios e a velocidade dos dedos nas chaves, escorregava rapidamente por todas as notas, às vezes suavemente, às vezes com ímpeto, quase em transe. Ela então cantarolava, pegando o ritmo, com aquela voz tão rouca, cantarolava o Bolero de Ravel que eu executava ao trompete, exagerando nos agudos. Às vezes também nos graves.

Sim, Valentina me fazia rir.

Há quanto tempo eu a conhecia? Há pouco mais de três meses. Ela era tão doce me chamando de Marrrrrcos com aquele sotaque em frullattos que lembravam o motor do Polo ronronando quando dava a partida, ou acelerava macio, sem pesar o pé. Diferente, bem diferente do ronco, quase rugido que emitia quando eu, trafegando na contramão, em alta velocidade, tentava chegar com ela ao hospital.

O que aconteceu? Passamos a noite juntos no meu aparta-mento. Bebendo. Bebendo muito. Ela dizia que não tinha medo de nada. De nada. E conseguia me convencer. Dizia que queria ser soldado, pegou uma folha de papel na impressora, dobrou aqui e ali, colocou na cabeça o chapéu improvisado, a vassoura na mão direita, o cabo repousado no ombro, começou, sorrindo, a marchar pela sala. Virou-se pra mim e disse: toque.

Eu toquei, marcial e solenemente. Solene e sorridente, ela marchava em dó e em lá, em dó e em lá.

Depois começou a fuçar pelos móveis, ela sempre fazia isso, a curiosidade de um gato. Ou de uma menina. Fui ao banheiro, quando voltei estava sentada no chão, séria, o olhar perdido não sei onde. Sentei junto, recostou a cabeça em meu joelho. Fiquei olhando a beleza do rosto iluminado só de um lado, por causa da posição.

Ela acariciava o trompete, distante, mergulhada em deva-neios, como fazia quando parava de sorrir. Voltou como voltava, de repente, desembrulhou o volume no colo, ficou olhando para o 38, acariciando. Me fitando direto nos olhos, recostou-se no sofá, abriu um sorriso irresistível e me desafiou: toque.

Não havia alternativa. Aqueles olhos negros enormes, pa-rados, me pediam. O instrumento estridulava em si, em ré, so-luçava, gritava, desesperava. Perdi um pouco o fôlego e quando retomei só conseguia emitir sombrios fás sustenidos.

Foi ela quem pediu, na verdade ordenou, com aquele sorri-so e aquele olhar, como sempre fazia. Foi suicídio, seu delegado.

A ÚLTIMA REFEIÇÃO

Escutou os gritos agudos, ouviu também e sentiu as vibrações dos golpes no assoalho de madeira. Gregório precipitava-se pelo corredor e quase se choca com Mara, que saía afobada do gabinete. Disparou entre os dois, forçou a passagem por uma brecha na porta da cozinha, no mesmo pique escalou o muro e mergulhou na lixeira. Ali estaria seguro.

Tateou alguma coisa para matar a fome. O ventre aberto do pássaro oferecia-lhe o manjar das vísceras expostas e ainda mornas, com que se regalou.

Por instinto, contorceu-se, virando a cabeça para a porta. Alguma razão que não conseguia desvendar o levava a reviver a última refeição. Ouviu Gregório gritar alguma coisa e seu coração se contraiu. Mas Inocêncio replicou com serenidade. A voz suave o devolveu ao relativo conforto do devaneio com o último jantar.

Pendia, de cabeça para baixo, seguro, atado pelos membros inferiores. A vertigem da rápida descida misturada à dor aguda da queimadura. Já não era uma sensação nova. Não o apavorava mais tanto. Mesmo assim, sentiu-se miserável e infeliz como nunca. Se é que se poderia chamar de sentimento o desfalecer que lhe percorria o corpo e ameaçava engolfar-lhe o cérebro.

O contato do instrumento frio o trouxe de volta. Era tudo confuso. Agora explorava o baú que um dia encontrara aberto no gabinete. O brilho da lâmpada no teto se refletia nos artefatos de metal e isso o fascinava. Uma sombra o alertou de que não estava mais só. Sentiu o toque da mão, ouviu o grito agudo e se retesou, pronto para fugir. Mas a gargalhada grave e cristalina, já tão familiar, o acalmou. Enquanto os passos, o choro e a risada se afastavam, aproveitou para escapar da armadilha.

Depois da refeição, gostava de se esgueirar pelos móveis. Lembrou-se daquele frasco em cima do aparador em que numa madrugada esbarrara, enquanto fazia seu passeio exploratório. E do susto quando mais rápido do que imaginava a lâmpada se acendeu, o flagrando desprotegido. Estudou cuidadosamente o ambiente em volta e mergulhou na gaveta das fotos.

Então novamente o calor do fogo. Havia compreendido que de nada adiantava, mas talvez por puro reflexo estorcia-se, guinchava. Grudava-lhe na pele o líquido morno e gosmento. Torturava-o a ardência nos pontos onde perdera os pelos.

O trecho roído na borda da foto que emoldurava o rosto pálido da moça não lhe afetava a beleza. Degustava-a, despreocupada e lentamente. Cabelos negros presos em coque ornados pela grinalda de flores miúdas, os olhos castanhos, grandes, profundos e tristes; foi a última imagem que seu cérebro reteve antes de tudo escurecer.

Já não se movia mais, mas ainda estava ali. O suficiente para sofrer, em algum lugar da já quase inexistente consciência, a dor mais lancinante. Era lenta e se prolongava, parecia não ter fim. Depois de algum tempo lhe chegava, aos ouvidos, apenas, o som de batidas, num bombo, gigantesco, e distante, o líquido morno, pingando, dentro do recipiente, sob sua cabeça.

Acabara-se a urgência. E a sensação de perigo. Já se esquecera do mundo quando sentiu outra vez o fogo lambendo o corpo. Não havia mais dor. Terminara a agonia. As imagens iam e vinham, em flashes, e foram se dissipando, virando sombra de sombra, até ficarem opacas e cinzas. Feito o pelo chamuscado.

LEANDRO RESENDE

 Um dos representantes da Vila Aurora no mundo, **Leandro Resende**, goianiense, 35 anos, estudou jornalismo (UFG) e economia (FACH). Trabalhou como assessor de comunicação de várias empresas e entidades, e como jornalista na área econômica desde 1998, entre elas o jornal *O Popular*, onde trabalha desde 2001 e também publica contos e crônicas semanalmente, no Magazine. Publicou, em 2005, *Útero* (contos) e *Uísque, Valium e Uva* (poemas e fotos), e, em 2007, *Juceg, Uma História Centenária*. Em 2009, publicou *Solo de Vidro para Piano Nº1* (contos e fotos). Ganhou uma meia dúzia de prêmios Sesi de literatura e dois de jornalismo econômico (Fieg e Fecomércio). Teve o conto "Um Morto na Sala" adaptado para o cinema (curta-metragem) pelo diretor Robney Bruno. Desde 2008, é comentarista econômico da Rádio CBN Goiânia, no programa diário Cenário Econômico. É só.

Blog do autor: http://www.leandroresende.com.br
E-mail: leandroimprensa@gmail.com

Geovana e alguns humanos mofos

1.

O mofo não está só nas paredes. Desce e escorre pelos corpos caídos, escorados, quietos. Pernas, braços, rostos. Mofos humanos. Parados ali há tempos, mofados em seus crimes. No teto, uma escura mancha circular, como uma pedra jogada no lago. Ondas imóveis.

Antônio olha esse céu fixo. Fuma um Belmont lentamente, o último de poucos. Quer até o último mastigar tóxico daquele cigarro, daquela fumaça, sensação particular de existir por completo — mesmo contra as possibilidades. Ao seu lado, naquele cubo de três por cinco com corpulentas barras de ferro na vitrine, outros 12 antônios fedendo a suor, cigarro, urina e merda. E mofo. Todos ali deitados. Dois jogam dama, calados. Três olham o teto, calados. Um fuma, calado também. Os outros sete, calados, nada fazem, como os outros que jogam dama, olham o teto ou, eventualmente, fumam. Ficam nessa dança descrente, revezam o nada.

Revezam o espaço de esticar as pernas. De cócoras. De bruços. Em pé. Sentados. Uma centena de micromovimentos musculares faciais, nanotecnologia do tédio, onde até mesmo o estralar do dedão, um momento particular e intransferível, se torna um ato coletivo, uma agenda.

"Olha, eu concordo com o Jerê. O cara entregou a irmandade, deve ser punido. Não é porque é ator, novelinha, TV Globo, que vamos afinar pro bosta. Aqui é cadeia, temos regras. Ou damos o exemplo pra toda nossa gente ou pedimos autógrafo, igual um bando de galinhas e putinhas carentes e desmioladas", sentencia Digo, olhando para os companheiros de cela.

A conversa não tem pressa. Mesmo os movimentos para buscar as palavras, que saem de um e vão aos outros, é lento. Não é reflexão e não são filósofos.

Não estão em silêncio a procurar inéditas explicações devastadoras ou revolucionárias. Só estão aproveitando o assunto, degustando, digerindo e descomendo palavras. Assuntos são necessários.

Não têm pressa. Não vão a lugar algum, ninguém os está esperando. São a antítese do mundo moderno, onde urge toda fé de compromisso, reunião, encontro ou almoço de negócio, visita técnica, viagens.

Para onde o tempo corre, numa cela de três metros por cinco? Bate na parede e volta. Bate, cai, levanta, volta. Luta. Perde. O tempo está engarrafado. Logo encosta num canto e fica quieto também.

2.

"O carcereiro disse que o juiz negou o *habeas corpus* do branquelo. Pelo jeito, ele vai descer pra cá, vão decretar ele", disse Ramos.

J.P.F., o líder do presídio, comenta, com cara de raiva: "Bom. Bom isso. Já recebi umas ligações ainda hoje dizendo que nossas três firmas na Zona Leste caíram depois que esse ator de merda foi preso. Medroso. Deve ter tremido, entregou tudo. Sabem onde ele comprava o pó?"

"Lá? Zona Leste?", quer saber Tiziu.

"É."

"Filho da puta", repetem dois ou três encubados.

"Pois é. Faz assim, Jerê. Canta o pessoal aí da Casa, diz que tem um prêmio de R$ 2 mil, uma Beretinha zerada e um tijolo de maconha se, e caso o artista desembarcar aqui e eles colocarem ele no nosso quarto."

3.

O advogado diz: "Olha, vão te descer pro presídio, está vencendo sua provisória, e o delegado gostou do ibope do caso. Bem mais do que a propina que oferecemos. O puto de merda nunca apareceu tanto e, o foda é isso, você deu sopa demais pro azar. Tem elementos para te manter preso até o julgamento."

4.

"Seis. Saiu."

"Vai. Cinco. Saiu você."

"Deu nove."

"Só vocês dois, quem ganhar fica com o branquelo."

"Três."

"Deu quatro. Ganhei. Ganhei. O branquelo é meu", comemora Willian, jogando os palitos pra cima e rindo na cara de todo mundo.

5.

Tira novas fotos. De frente, de lado. Exame de corpo delito. Nu. Responde o questionário. Idade: 40 anos. Pele: clara. Profissão: ator. Coloca o uniforme azul. Acorrentado pelos pés, caminha lento pelo corredor. Carrega uma mochila com comida, toalha e escova de dente.

Entra na cela. Círculo no teto, mofo. Lotação. Fede a urina. Até as roupas que passavam de reeducando para reeducando já fedem a urina.

Tenta imaginar que não é verdade, que é uma cena. Uma novela.

"Corta. Gravando. Silêncio no set! Câmera 1. Corta, close, deu. Cena 2, agora..."

Os caras estacionados ali, banguelas, a barba malfeita, o olhar troncho, cansado. Suados. São tão feios que parecem armados. Bandidos, assalto. O olhar raivoso como um homicídio culposo, ameaça. Agressivo, integridade física sob a guarda do diabo. O inferno.

Cada olhar é um murro em silêncio.

6.

"Ô branquelo. Seu nome agora é Geovana, certo?"

O ator balança a cabeça concordando, sem entender, imaginando uma brincadeira, uma recepção talvez amistosa. Todo mundo conhece seu rosto, vive ali na sala, na cela. Entrou ali mil vezes, por aquela TV velha no canto. Estavam brincando. Um jeito de puxar assunto, fazer amizade, talvez. Cordialidade de bandido.

"Não entendi, mas deixa pra lá", pensa, em silêncio.

"Faz assim", diz Willian, "pega esse barbeador e depila tudo, deixa só o da cabeça. Pernas, braços, debaixo do braço, bunda..."

"Não, não. Eu... não", tenta interromper.

"Idiota. Cala a boca, cara, você agora é mulher do irmão aí. E mulher fica calada, só escuta. Só obedece."

A reação foi instantânea. Meio que concordando, começa a depilar a perna.

J.P.F. se aproxima e lhe dá dois tapas no rosto.

"Olha, cara. Ninguém tem direito de levantar a voz para mim. Negar meu pedido então, impossível. Muitos saíram daqui para o IML. Aqui todos têm a mesma profissão, inclusive você: preso. Você é um preso. Você é um preso", grita.

"Sei. Tudo bem."

Abaixa a cabeça, com a mão sobre o nariz, e se encolhe no canto. Bem na quina da parede. Ora se escora de frente para um lado, ora para o outro.

7.

"Ou, ou. Ué, num vai depilar não? Quer outra porrada?"

Continua a raspar as pernas, enquanto uma lágrima desce de seu rosto. Barriga, costas, saco, coxas. Logo soluça, vez ou outra, alto, com o choro que não mais é contido. Depois, lentamente, raspa o braço e o peito. Fica mais branco ainda. Uma pele limpa e bem cuidada, que ainda não se sente cansada com o bolor de tudo ao seu redor. Passa a mão, a todo o momento, na face, para retirar as lágrimas.

"Isso, agora descansa. Seu marido é o Willian, qualquer coisa, pede pra ele. Você só pode falar com ele, e sempre de cabeça baixa, voz baixa. Entendeu?"

"Sim."

"Porra. Não conversa comigo. Respeita seu marido."

Horas depois, num dos dois beliches da cela, Willian forra o colchão e usa outro cobertor como cortina para isolar o interior da cama do resto do ambiente. O olhar do ator denuncia seu pavor, numa intensa e real interpretação do medo. O medo real. O medo maior que existe no interior de cada pessoa sobe até sua pele, quase salta. Sente falta de ar quando respira mais fundo.

8.

"Geovana. Geovana. Vem deitar, vem dormir."

Ele levanta, como um condenado, e vai desviando das pernas no chão, até chegar ao beliche.

"Deita aí e tira a roupa."

Um frio sobe da ponta dos pés à nuca. Sente-se o menor, o pior dos indivíduos, um óbito que se despe. Suas mãos tremem e suam. Novas lágrimas.

Tira a camisa, a bermuda e fica de cueca. Minutos antes, pela sua inércia, Willian já havia dado um tapa em sua cara: "Anda logo, porra!"

Ao resistir em tirar a cueca, leva dois socos no rosto.

Tira a cueca.

Os dois estão nus. Olha no fundo dos olhos de Willian e entende o que seu 'marido' quer.

Vira-se de costas, mas Willian o puxa pelos cabelos, o vira à força. Quer oral, primeiro. Faz, engolindo a saliva à força, fazendo vômitos. Treme, como se estivesse doente, febril. Minutos depois, Willian o empurra para o lado e o vira de costas. Sem muita cerimônia ou romantismo, o penetra.

O silêncio na cela é quase absoluto, como se estivessem só os dois e uma TV ligada, com o som no volume mínimo. Ouvem-se apenas os gemidos de prazer de um e de dor, do outro.

Durante a noite, acorda-o mais uma vez, para nova sessão de sexo.

O dia amanhece. Willian o pega pelos cabelos.

"Geovana, volta para o seu lugar, senta lá e não conversa, nem olha pra ninguém. Se não me obedecer, eu te mato aqui mesmo. Se contar para alguém fora daqui, morre você e sua família. Ok? Quando anoitecer, volta pra cá."

Veste-se e caminha como se estivesse morto, como se fosse o pior de todos, com o peso de ter cometido um crime capital, um herege, para ser condenado a tal pena.

Não entende, já não pensa para tentar entender o que está acontecendo.

Tudo já havia acontecido.

Cada passo lhe custa parte da alma. Cada olhar, cada pensamento lhe tira o gosto de viver. As relações se repetem pelos dias seguintes.

9.

No meio da tarde do quinto dia, um carcereiro aparece diante da cela. Aponta o dedo para ele e pede que se levante, pegue suas coisas, está solto. O juiz o liberou. Nem alegria sabia mais sentir, mas Willian demonstra uma chateação em seu olhar. Já está gostando de Geovana. Nunca mais se encontrariam.

Dez meses depois, ao trocar de canal, os presos dão de cara com a propaganda de uma novela que estreará em breve. Entre os principais atores, lá estava ele, um olhar limpo e seguro, cabelos curtos e um semblante mais jovial, com um terno cinza e gravata vinho.

Com um sorriso sem graça, Willian não consegue esconder que sente saudades de Geovana.

DISPERSÃO

Os detalhes todos bem cuidados, os cantos bem varridos. Coisas e trapos nos seus lugares. Um quadro grande com a imagem de Jesus Cristo — com belos e variados tons de amarelo e um vermelho vivo —, outro do papa João Paulo II, uma caneca que ganhou do afilhado, um pires marcado de tantas velas — queima uma por dia pela alma do filho mais velho — e os pentes e escovas colocados em uma sequência do maior para o menor, em diagonal, sobre a penteadeira. Nas escovas, centenas de fios de cabelos.

Ela caminha pelo pequeno apartamento como se tateasse o passado. O quarto de visitas — sempre vazio — tem o cheiro de sua cidade no interior, com vários vasos e plantas. Uma cama que não recebe visitas e serve para ela colocar suas duas orquídeas e uma bromélia. Aos poucos, se tornava o quarto-jardim.

A sala é um álbum aberto. Os filhos, todos os sete vivos e os dois mortos, sorrindo em um quadro na parede oposta à estante, que tem atrás de si um enorme pôster com os vinte e sete netos e bisnetos. Sempre cercada por trinta e seis olhares, quase todos castanhos e altivos — a personalidade da família Esteves Andrade.

Apesar de sempre guardada e querida por tantos, resolveu se mudar para longe e recebia poucas visitas. Optou por viver só, sem dar trabalho, incomodar.

O parente mais próximo mora a cerca de mil quilômetros. Vive bem sozinha com suas plantas, fotos e peixes. O aquário, de dois metros de comprimento, tem quase 100. Passa horas olhando seus meninos e meninas do mar — como se refere a eles — ou revezando suas plantas de lugar, deixando que cada uma aproveite um pouco da luz do sol que entra pelas janelas.

Sai pouco do apartamento. Apenas quando vai receber sua aposentadoria ou comprar comida, remédio e ração para os peixes ou adubo para as plantas.

Vez ou outra o telefone toca. Engano. Ou algum filho ou neto.

Eles sabem que ela não é de conversa. Quando querem saber notícias verdadeiras dela, ligam para os vizinhos ou para o médico. Sofreu muito com a perda de dois filhos. "Não quero sofrer mais, nem fazer ninguém sofrer". Imagina que eles a entendem, mas não pensa muito nisso. À noite, fica olhando um a um, filho ou filha ou neto ou neta ou bisneto ou bisneta. Sorriso, rosto, cabelos. Pega os vários álbuns. Folheia. Esboça um sorriso. Parece com o pai, com a mãe, com ela, com ninguém. Sorri para alguns. Para um deles, fica pensativa. "Perdeu o pai, ô meu Deus, tão moço. Vida injusta, injusta. Pobre menino da vovó. Nas férias da escola, quero ficar alguns dias lá. Pobre menino."

De vida pacata, de uma felicidade que ela construiu centímetro a centímetro, ela se transforma quando chega uma época do ano.

Outrora dançarina e muito atrevida, nem com a idade avançada cessou seu calor. Casou-se três vezes, teve dezenas de namorados, uma centena de interessados e casos incontáveis. No Carnaval, desde mocinha, sua libido se alterava, seus olhos flutuavam ao ouvir as marchinhas, os sambas-canções, os frevos. Dançava todos os ritmos e não escolhia parceiro. Gostava do corpo colado, dançar próximo, do olhar desconhecido.

Era a primeira a chegar e a última a sair — pouco importava com quem se envolvesse. Era Carnaval, era cega ao pecar. Com o tempo, aceitou sua reclusão e solidão. Aceitou o Carnaval pela TV, sem jamais perder o frenético embalo dos eternos foliões. Sozinha, mexia os pés, pelo menos.

As escolas passavam na avenida e crescia a inquietação interna. Relembrava cada homem, cada corpo que atraía e, em pouco tempo, já estavam trepando. Às vezes um por noite, outras vezes dois. Sorri e balança a cabeça, num gesto que une condenação e contentamento, se lembrando de quando foi para a cama com três ao mesmo tempo. O sexo fazia parte da sua dança, do torpor que a dominava, do estupor à síncope.

Reluta, um resto de pudor resiste, mas não consegue. Sempre assim. Uma luta e uma promessa quebrada. De dentro da caixa de aviamentos, retira a perna de borracha de uma antiga boneca. Sempre assim. Ignora a bursite no braço, alisa seus seios caídos, masturba-os. Brinca consigo, fantasia remotas folias, canta, dança, conversa sozinha, com amigas e, principalmente, com homens de ontem, atraentes e grandes. Despe-se a um negro e seu amigo, um moreno baixo, gordinho. Beija a própria mão como se a surpreendesse, abraça almofadas e rola pelo sofá, se despe. Rasteja pelo chão, de tão excitada. Sente-se puta, se muta. Segura a perna da boneca, morde-a, lambe, chupa, se penetra. Vertigem. Respiração entrecortada. Fecha os olhos. Imagens difusas, rostos imaginados tornando-se sombra e flash. Minutos depois, está jogada no carpete da sala, cansada, nua. Busca longe o ar, tenta recuperar o ritmo da respiração, dos batimentos cardíacos. O braço lhe dói um pouco, e seu olhar, ufa, extasiado, diáfano, como testemunham concentrados aqueles 36 olhares, aqueles quase 100 peixes.

Direito do consumidor

Lia está cansada. O calor e a baixa umidade, a sala sem ar condicionado, o uniforme grosseiro. Nossa, o dia não passa, reclama. Atendente do Procon há vários anos, sente falta quando tem poucas ou nenhuma ligação, o dia não passa.

Levanta-se e vai até a copa para tomar café.

Passo pesado e lento.

Pensa no quanto piorou depois que transferiram a sala das atendentes — ela e Josiana — para o fundo do prédio, perto do arquivo. Sua sala, aliás, é quase parte do arquivo, pois já recebe as centenas de pastas que não cabem mais no cômodo vizinho.

Na hora em que Lia pega na garrafa para colocar o café, o telefone toca.

"Merda, merda, merda", resmunga, e sai correndo para atender, sem tomar o café.

"Procon, atendente Lia, boa tarde."

"Boa tarde."

"Com quem eu falo?"

"Maurício. Maurício de Melo."

"Em que posso ajudá-lo?"

"Eu comprei um produto e está com defeito. Comprei pela internet."

"Sim. Mas faz quantos dias?"

"Tem uns dois anos."

"Sei. Mas o senhor já entrou em contato com a empresa?"

"Sim. Eles me trataram mal, disseram que é paranoia, que já passou o prazo de reclamação. O negócio é que a boneca estragou, sabe", diz ele, meio encabulado.

"Mas, seu Maurício, o senhor está ciente de que é complicado conseguir derrotar a empresa neste caso? Dois anos é um tempo bastante alongado. Que idade tem a filha do senhor?"

Um silêncio.

"Não tenho filhos, moro sozinho. Aliás, eu e Morgana. Na verdade, a boneca é minha. É uma boneca inflável, minha companheira. O problema é que ela perdeu o gemido. Ela gemia, agora faz um barulho rouco, uma coisa de doente do pulmão. Parece que no meio do sexo ela vai soltar uma gosma verde ou preta, sei lá."

"Entendo, senhor."

Um pequeno silêncio.

"O pior é que me apeguei a ela, a Morgana. O nome dela é Morgana. Não quero trocar, só quero arrumar ela. Gosto muito dela, mas estou com nojo de transar com ela. E percebo que ela sente isso. Sei que é complicado falar assim, eu mesmo não gosto deste assunto, é pessoal. Eu poderia comprar outra, mas gosto dela, quero que eles a consertem."

Novo silêncio.

"Claro, senhor. Não se preocupe, eu quero lhe ajudar. Conte-me o defeito do produto."

"Desculpe-me, Lia. Morgana. O nome dela é Morgana."

"Sim, claro. Diga-me o defeito da Morgana."

"Durante o ato, eu vinha observando um desânimo na voz, no gemido dela. Antes era diferente. Sei que, na vida normal, isso também pode acontecer. Mas no manual, está escrito, bem claro, que tem capacidade de uso irrestrito por cinco anos. A fabricação é chinesa — mas ela não tem cara de chinesa, parece brasileira mesmo, com bocona e bumbum bem nosso. No manual, em inglês — eu leio bem, sou engenheiro, estudei fora —, também diz que o sistema elétrico interno dela não prevê qualquer som que não o gemido especificado. Tipo UmhmAhAhAhUmhm, Umhm.AhUmhmUmhm, UmhmAh, AhAhUmhmAhAh, entende? Agora, ela faz RuuRonUmhRuuRon o tempo todo. Entende?"

"Claro, senhor. Estou anotando", diz Lia, perguntando: "RuuRonUmh Ruuron, né?"

"Sim", responde rápido.

Depois de um silêncio breve, a atendente pergunta.

"Mas, senhor, quantas vezes praticava com ela por semana?"

"Todos os dias."

"Quantas vezes por dia?"

"Uma. De manhã, antes de ir trabalhar."

Silêncio maior.

"Vamos notificar a empresa, senhor, e pedir a troca do produto. Passe-me os dados do…"

"Não, espera aí. Eu não quero trocar. Prefiro ela do jeito que está a outra nova. Você trocaria seu marido ou namorado?"

"Eu vivo sozinha, senhor."

"Tudo bem, mas não quero troca. Quero que tirem essa rouquidão. Só isso."

LÚCIA BETTENCOURT

 **Lúcia Bettencourt** é autora de *A Secretária de Borges* (Record, 2006), vencedor do Prêmio Sesc de Literatura 2005 e mais dois prêmios: o I Osman Lins de Contos, de 2005 e o Josué Guimarães, obtido na Jornada de Passo Fundo em 2007. Publicou também outro livro de contos, *Linha de sombra*, pela editora Record , em 2008. Vive por escrito. vai descobrindo suas Histórias Possíveis entre leituras, caminhadas pelo Rio de Janeiro e viagens sem muito método.

Blog da autora: http://nadanonada.blogspot.com
E-mail: bettencourt.lucia@gmail.com

A DIARISTA DO MAGO

— Mago não é a mesma coisa que bruxo? Então, se é, posso apostar que ele é isso mesmo. Eu não entendo dessas coisas de feitiço, de bruxaria, porque sou do povo de Deus, Jesus é meu pastor e nada me faltará. Até aqui me ajudou o Senhor, me dando saúde e trabalho. Na verdade, muito trabalho, que o patrão é muito bagunceiro. Todo dia a casa amanhece coberta de pó, as roupas espalhadas, mas disso não me queixo. Lá em casa é a mesma coisa, o traste do meu marido deixa tudo jogado e a poeira entra pelas frestas, fica tudo cobertinho de um pó escuro, meio avermelhado. Aqui não, até nisso bacana tem sorte, o pó de bacana é branquinho, parece que nem suja. Eu até pensava que fosse talco, de tão clarinho, mas cheirei e não tinha perfume nenhum, era pó, só pó. Depois fiquei com medo, agitada que só eu, passei o dia todo esfregando e pensando, nunca esfreguei tanto na minha vida. E se fosse coisa de feitiço? Porque aqui nessa casa tem cada coisa mais esquisita, que só mesmo entregando na mão de Deus, o todo-poderoso. Eu lhe digo, aqui, por exemplo, só se comem umas coisas esquisitas, uns bichinhos estranhos. Estranho porque é estranho mesmo, até no nome. Um dia, cheguei e vi que eles estavam comendo umas lesmas, só sobraram as casquinhas. Quase vomitei de nojo, nem queria mexer na louça, mas a dona patroa riu de mim, me chamou de boba e disse que aquilo não era nada coisa de bruxaria, que era uma comida de grã-fino chamada *excagô*. Vê se eu um dia havia de comer uma comida com jeito tão nojento e nome de porcaria? Ainda perguntei para ela: ex o quê? E ela, na maior calma, repetiu o nome da nojeira: *excagô*, *excagô*, uma delícia! E queria que eu provasse, imagina! Dizia que era bom, com gostinho de alho, e ria, balançando aquela tacinha que eles chamam de flite, mas que não mata inseto nenhum, ou talvez até sirva para matar as lesmas excagadas. O que eu sei é que eles enchem as flites de champanhe, e tomam champanhe de manhã, de tarde e de noite. Eu até perguntei ao pastor se isso não era pecado, ficar tomando bebida o dia todo nas tacinhas flite e comendo lesma com alho, mas o pastor disse que não, que isso não era coisa de demônio não, era coisa de rico, mas que, ao fim e ao cabo, vai dar tudo na mesma pois é assim que Deus castiga os que não param para glorificar a majestade do Senhor. Eles acabam se acostumando a comer e beber as coisas vis. E deve de ser isso mesmo, que na outra vez eu cheguei bem na hora que eles estavam comendo sapo. Eles disseram que não era sapo, que era rã, mas eu acho que é tudo a mesma coisa. E dava até medo, ver eles chupando os ossinhos da coxa dos bichinhos. Chegavam a revirar os olhos assim, ó, olha só se isso é maneira de se comer! Até as frutas que eles comem é uma coisa que nem parece fruta, uma tal de lixinha, que, desencapada, parece um olho cego, assim todo branco, escorregadia que nem essa nossa bolinha do olho, uma coisa tão estranha que eu nem acredito que dê em árvore. Mas só comem isso, isso e uns alpistes que eles misturam na vitamina, na sopa, na salada, em tudo o que é parte. E fumar? Como fumam, os dois. Uns cigarrinhos de palha que deixam eles risonhos, riem à toa quando fumam os tais cigarrinhos. Eu perguntei a eles porque é que eles ficavam fumando cigarrinho de palha, com tanto cigarro grã-fino por aí para vender. Tanto Malboro, tanto Carlton, tanto Free, uns cigarros de nome complicado, mas tudo bacana, com maço de caixinha e os cigarrinhos já prontos, com filtro e tudo, e eles ali com aquelas trouxinhas, num trabalhão danado de pegar aquele fuminho picadinho e de espalhar, e enrolar, e lamber, e torcer. A dona patroa disse que eu sou burra, que não é palha, é papel de seda, e que eu não entendo nada do que é bom. E o patrão riu e disse que eles fazem isso para tentar parar de fumar, que assim eles levam mais tempo, uma explicação que não me convenceu nada, até porque eles pegam as guimbas e guardam o fuminho que sobrou, um fuminho que nem tem cheiro de fumo nem nada, parece mais um tempero. Mas, pior que isso, é quando eles resolvem fumar cachimbo, um cachimbo que parece de brinquedo, que nem tem lugar prá colocar o fumo, só tem um furinho, e eles cismam com aquilo, que no Natal eu dei de presente pro patrão um cachimbo que eu comprei lá no shopping, um cachimbo bonito de duas cores, assim encurvado, e ele nunca usou. E ainda teve a coragem de me perguntar por que é que eu estava dando aquele presente pra ele, se ele nem fumava... Vai ver que ele entra nesses transes aí de mago e fuma, e depois esquece tudo, e deve de ser isso mesmo, porque ele fuma essas coisas e depois dorme, ali mesmo na sala, ou na varanda, e a dona patroa também fica dormindo por lá e até as visitas, quando tem visita, eu chego de manhã e está tudo estirado, dormindo, nem escutam, posso até passar por cima deles que eles nem se mexem. Não admira que vivam doentes. Nunca vi gente tão cheia de mazelas, que Deus só protege quem é fiel, e vai aos cultos todas as semanas! Louvado seja o Senhor, que não me deixa cair de cama nem precisar de injeção, pois como é que eu ia fazer, tendo que trabalhar na casa dos outros e ainda tendo que trabalhar em casa, porque meu marido, embora livre do vício da bebida, graças a Jesus, ainda não encontrou emprego, e só eu é que sustento a casa e visto as crianças. Que pelo menos o Pastor nos ajuda, e dá umas roupas para os meninos, que não param de crescer e estão toda hora precisando de sapato e de baixar a bainha. Mas Deus é pai, e nada me há de faltar. Já para os meus patrões, nunca vi tanta doença, que eles não param de tomar injeção! É todo dia, eles pensam que eu não vejo, mas eu vejo tudo, e umas pílulas, tomam pílula todo dia. Eu outro dia estava com dor de cabeça e perguntei à dona patroa se podia tomar um comprimido daqueles e ela riu na minha cara, disse que aquilo não era para o meu bico, que era tudo vitamina importada, e que se eu tomasse aqueles remédios ia ficar com mais dor de cabeça do que antes. Eu, se não fosse eles pagarem bem, já tinha pedido as contas há muito tempo, porque é difícil aturar uns patrões assim, tudo com jeito de coisa ruim. Imagine que a dona patroa resolveu pintar o meu retrato e me fez toda verde, como se eu fosse uma marciana, e ainda me deu o quadro de presente de Natal. E eu que gastei meu dinheiro comprando um cachimbo para ele e uma caixinha de talco para ela, mas um talco bom, perfumado, Alma de Flores, tão cheiroso... E ela me deu aquele quadro horrível, todo verde, botou meus dois olhos de um lado só da cara e me fez uma cabeça comprida, como se eu tivesse parentesco com cavalo. Fiquei até com medo que fosse feitiço e levei para o Pastor, mas ele disse que é arte moderna, e eu até dei aquele quadro horrível para ele, que eu prefiro não ter nada nas paredes a ter aquela cara horrorosa me assustando. Um dia eu acabo é pedindo as contas, que tem limite para aguentar essas loucuras de grã-fino, ou de bruxo, ou de mago, como andam chamando o patrão por aí. Só não peço é porque eles viajam muito, e aí o serviço é tranquilo, mole, mesmo. E não tenho mais nada a dizer não, nem sei de baú nenhum, que eu não ando mexendo nas coisas deles. Se o senhor quer abrir o baú, a chave deve de ficar ali na gavetinha da penteadeira da dona patroa, que é lá onde ela guarda todas as chaves, até a chave dos armarinhos de remédio, com aqueles comprimidinhos malucos de vitamina, que não deve servir mesmo para cabeça de brasileiro, porque deixa a gente vendo tudo colorido, e falando com gente que nem está lá. Mas o baú não tem nada não, nem vale a pena abrir, é só papel velho.

A-VACA-LHADA

— É dois real! Só dois real, com gliti, dois real na promoção!

O turista olhou assustado na direção do homem, de bermudas e sandálias gastas, que ostentava nas mãos uma série de escalpos de todas as cores: preto, ruivo, dourado, azul metálico, rosa-choque.

— Aproveita, dotô.

Ele abanou a cabeça energicamente e fechou a cara, como lhe haviam ensinado no consulado — "evite olhar diretamente nos olhos dos locais, e, caso o faça, feche o semblante, desencorajando o contato" —, mas a tática não resultou. Frente à sua negativa, o homem abriu um sorriso falho e redobrou a insistência, achando que a recusa se devia à falta de comunicação.

— Só dois real, tu. TU — repetiu, mais alto, mostrando os dois dedos em V e depois esfregando o polegar contra os dedos médio e o indicador, no gesto universal para dinheiro.

O turista se afastou, desistindo de fotografar a vaca que se exibia num vestido imitando os desenhos da calçada de Copacabana, além de usar meias arrastão, batom e peruca. Uma vaca coquete, cheia de trejeitos, numa cidade cheia de mulheres usando o mesmo tom de batom e o mesmo corte de cabelo. Afastado, ficou olhando disfarçadamente, esperando que o homem levasse seus escalpos para longe da vaca.

Mas o homem não desistia, sempre com a mesma cantilena:

— Dois real! Só dois real, com gliti, dois real na promoção!

O turista resolveu se sentar no bar da praia e pedir uma cerveja, usando o pouco português que já havia aprendido naqueles três dias.

— Uma , uma... — droga! Ele havia esquecido como é que se dizia cerveja, mas não importava, ia pedir em inglês mesmo, pois na praia os locais pareciam entender sua língua. — Uma bier, porr favorr.

— Malzbier? — ecoou o garçom.

Ele abanou a cabeça fazendo que sim, achando engraçado que o serviçal tentasse imitá-lo. Eram mesmo muito primitivos ali, com essa necessidade de imitar todos aqueles que achavam superiores.

O garçom voltou com a garrafa de cerveja, depositou na mesa e saiu sem servi-lo. Resignado, deu de ombros, pegou o copo de vidro grosseiro, inclinando-o levemente, e colocando o gargalo da garrafa bem lá dentro, para servir devagar, sem fazer muita espuma. Fazia isso olhando para o garçom que se afastara e que agora parecia evitar seu olhar. Quando olhou de volta o copo, percebeu que a cerveja era preta. Indignado, fez sinal para o garçom, mas este havia se eclipsado.

Voltou a olhar a vaca enquanto engolia, a contragosto, os goles amargos da cerveja. O ambulante estava agora ao lado de uma mulher com uma cadeira de praia e uma maleta. A cantilena era a mesma:

— Dois real! Só dois real, com gliti, dois real na promoção!

Mas, agora, a voz esganiçada da mulher secundava:

— Maquiage... Copie a maquiage da Vaquinha!

Uma família se aproximou, aproveitando o fresquinho da tarde. Iam passando, mas a menina mais nova se deixou seduzir pelos brilhos e a oportunidade de ficar parecida com a Vaca. O pai quis arrastar a criança, mas a menina gritava, dava show. Vencido, ele negociou com o ambulante dos escalpos e a mulher da maquiagem. A menina mais velha também quis se fantasiar, escolheu a peruca rosa-choque. As duas ficaram assustadoramente parecidas com a vaca, e se postaram uma de cada lado da escultura. Nisso, apareceu mais um ambulante, um velhinho com aventais que imitavam o vestido da vaca. As meninas exigiram os aventais para tirar os retratos. Várias pessoas haviam parado, vendo a transformação das crianças em vacas-mirim.

O turista já não conseguia ver o que se passava próximo à escultura. Terminou o último gole da cerveja, preta e meio morna, e chamou o garçom para pagar. Desta vez o empregado não desviou o olhar, e lhe estendeu logo uma nota com três vezes o valor da garrafa. O turista, impossibilitado de discutir o preço, pagou o que foi pedido. Levantou-se e foi olhar o grupo que se atarefava, com clientes que surgiam de todos os lados.

Homens e mulheres, crianças e velhos, todos queriam se fantasiar de Vaca. Era assustadora aquela fila de pessoas cobertas pelos aventais com os desenhos da calçada, as cabeças ostentando perucas brilhantes e bocas e olhos pintados exageradamente como os da vaca. O turista se deixava ficar, fascinado com as metamorfoses, sem se importar com os encontrões e esbarrões que sofria de pessoas que, sôfregas por se disfarçar, se empurravam umas contra as outras. Depois de acompanhar a metamorfose de um velho careca e barrigudo, de uma jovem com sandálias altas e pernas roliças e de uma criança relutante, o turista resolveu voltar para o hotel. À sua volta estava uma verdadeira multidão. Ele abriu caminho, tendo que usar os cotovelos.

Fora do círculo, ajeitou a roupa. Deu por falta da máquina fotográfica, que usava pendurada no pescoço e era dessas modernas, fininhas e leves, digitais. Apalpou os bolsos e percebeu que tinha ficado sem a carteira. Indignado, olhou o grupo com raiva, o rosto vermelho e afogueado. Procurou um policial com o olhar, mas não viu nenhum. Quis voltar ao centro da roda, ver se conseguia identificar o bandido que o roubara, mas a multidão estava cada vez mais compacta ao redor da vaca e dos seus exploradores.

Indignado, frustrado, começou a se afastar, quando o garçom se aproximou e tocou-lhe o ombro. O turista deu-lhe um safanão, mas foi desarmado quando olhou para o garçom e viu que este lhe sorria e estendia a máquina fotográfica e a carteira de dinheiro. Percebeu que ele é que tinha deixado seus pertences em cima da mesa. Envergonhado, sorriu e pegou as coisas. Ficou sem saber como agradecer, hesitante. Depois, numa mistura de palavras e gestos, propôs tirar uma foto, ele, o garçom e a vaca. O garçom escolheu a peruca azul. Ele teve que ficar com a rosa-choque.

A PAIXÃO SEGUNDO UM HOMEM CASADO

Como não entendo? Entendo tudo...
O sarcasmo e a dor. O sarcasmo. Aquele tom meio zombeteiro, afrontoso, áspero como caju com cica, que não sai da garganta, prende a saliva e não deixa a língua escorregar por entre os dentes, torna as palavras pesadas como um carregamento de pedras na boca de um gago. E a dor. O grito engolido, as lágrimas que já não vinham mais...
Vai. Pode ir. Vai fazer seu papel, cada qual com seu destino, se você está destinado a isso, de que adianta eu te alertar?
E eu vou. O papel? Ela achava que eu faria o papel de palhaço, era isso. Mas não sou palhaço, vou porque preciso ir para perto dela, preciso de seus olhos desfocados, de seu riso. Preciso acreditar que um dia ela vai repousar a cabeça ao lado da minha, com as coxas molhadas de esperma, os olhos úmidos de prazer. Preciso pensar que falta pouco, que finalmente ela deixará o riso de lado e colará os lábios, finos — frios, talvez — na minha boca ávida. Preciso acreditar que nas entranhas dela meu esperma não se transformará em monstros gulosos, insones, com os meus olhos ou meus poucos cabelos, apenas uma nuvem de prazer, secando em fios que escorrerão por entre suas coxas e soletrarão delícias, prazeres, a palavra proibida. Eu vou, mesmo que por uma hora, mesmo sem a esperança de tirá-la do meio de outros

olhos cobiçosos, que escorregam de seu rosto e caem por dentro de seu decote, um decote que revela seu peito magro, quase sem curvas, quase infantil. Infantil, mas nada inocente, pois eu vejo, percebo que o que ela me nega — por capricho, será? — oferece a outros e outras, se debruçando na mesa de amigos incomuns.

Como não entendo? Já entendi tudo... Mas isso vai te custar caro...

É uma ameaça, ou seria um aviso? As palavras com cica perturbando o gosto da cerveja, que custa a descer. A aguda consciência de minha barriga, que se destaca entre os corpos jovens dos rapazes que a rodeiam, não pelo seu sabor acre, de fruta verde, mas para me impedir de chegar perto de seus olhos indefinidos, de cores desfocadas, de pálpebras avermelhadas. Dou um gole na cerveja e procuro uma frase interessante, preciso demonstrar a sabedoria de um homem maduro, a experiência de um professor que poderá garantir a ela o futuro de fama e de glória que ela espera alcançar, com as páginas amarfanhadas em que me mostra os versos que escreveu para outro, talvez para aquele de óculos, com ar satisfeito, que no outro dia disputou comigo sua atenção até que finalmente desistiu e saiu. Mas talvez ele não tenha desistido, talvez tenha sido ele o autor do torpedo que ela se apressou a responder, virando o corpo, escondendo o texto iluminado no celular, zelosa. E não pude ir embora, mesmo sabendo que a outra estaria em casa chorando e que jogaria mil vezes em minha cara suas palavras sarcásticas, feridas e ferozes. Não me importava saber o futuro certo, o que eu não podia era deixar que o futuro incerto com a menina-mulher se transformasse na suspeita de um arranjo com outro, que não podia lhe oferecer o brilho da glória, mas podia ofertar os braços, na noite longa e fria da cidade estranha, a ela, tão menina e tão distante de sua casa.

Vai custar muito caro. Vai corroer a tua dignidade, vai te transformar num estranho perante tua própria família, te afastar dos teus próprios filhos...

As ameaças voltam, como ondas de azia que invadem a minha boca e me dão desejos de vomitar, toda vez que surpreendo os olhares furtivos de cumplicidade entre seus olhos claros e desfocados e os olhos castanhos e cientes da amiga. Ou seria sua amante? Pois já me disseram que é a outra que a instiga, que provoca, que a desafia a ligar para mim e depois zomba, tripudia e manipula ao me ver chegar, esfaimado e sedento, com um sorriso no rosto, composto de forma a me deixar com um ar superior de quem resolve, de caso pensado, cometer uma imprudência para se divertir, mas a imprudência não é voluntária, é apenas o sinal desesperado de minha paixão, acorrentado que me sinto ao desejo por aquele corpo que talvez nem seja tão atraente, seu corpo magro, quase infantil, seus olhos fugidios.

E apuro minhas frases, faço comentários cada vez mais inteligentes e argutos, me vejo brilhar, mas brilho sozinho, no vácuo, pois ela não tem ouvidos para as coisas que tenho a dizer. Ela só me escuta, vagamente, quando faço promessas relativas a ela, a seus versos satânicos, ao livro que eu talvez publique e ao qual ela condiciona sua atenção, numa troca desigual. Ela ganha a imortalidade — é o que ela, em sua juventude, pensa que o livro garante — e eu ganho o fugidio prazer de conhecer seu corpo, de penetrá-lo e de nele escrever, com sêmen e saliva, alguns gemidos de prazer.

E não lhe importam as coisas brilhantes e tristes que lhe digo, não lhe importa o sentimento que banha cada frase que sai de minha boca, frases vestidas de festa, com seus enfeites e suas metáforas brilhantes, adornos inúteis para quem só sente prazer nos dizeres chulos e banais proferidos por lábios mais jovens, referidos por corpos mais fortes, queimados de sol, com cheiros matinais. Meu corpo emagrecido põe em evidência a barriga protuberante que, na idade em que eles estão, eu também não tinha. Eles serão como eu, em mais cinco, ou dez anos, estaremos igualados nos cheiros e barrigas, nas linhas que marcam os rostos, revelando as estratégias de nosso conformismo, de nossas artificiosas maneiras de encobrir os fracassos.

Ela já não me escuta, seu pescoço se dobra para deixar seu ouvido frente à boca da amiga, que, com certeza, destila venenos falando de mim... E ela ri, umedece os lábios e ri, com as narinas fremindo, como se estivesse querendo sorver o hálito de chocolate da amiga — ou seria da amante? —, e ela se volta para mim e pergunta, zombeteira, se não está na minha hora, se eu tenho licença de minha mulher para ficar até tão tarde na rua, e eu caio na armadilha, respondo que não preciso de licença de ninguém, que sou livre para passar minhas noites do jeito que quero, na companhia que preferir, mas já não estou mais ali, vejo, no lugar de seus olhos, outros olhos que parecem com os meus e que se abrem desmesurados ao ouvirem meus gritos impacientes, e que se enchem de lágrimas, e os meus olhos então se enchem de lágrimas e eu choro, e me envergonho de minha fraqueza e peço mais um chope, mas o gosto da cerveja se mistura ao das lágrimas e do muco que engulo desesperado, torcendo para que ela pense que meu rosto está molhado de suor e não de lágrimas, e ela se afasta e senta no colo de um outro, que ela acabou de conhecer ali, há dois minutos, e passa os braços em volta do pescoço dele e pergunta se ele a levaria para casa, e eu digo que estou saindo, que dou uma carona para ela no meu carro importado, com ar condicionado, mas ela ri e diz que quer ser levada para casa no colo como um troféu, e que eu já devia estar em casa, em meu pijama listrado, com meus chinelos rider, dentes escovados para dar o exemplo, deitado na cama onde crescem as urtigas dos desejos nunca saciados.

Maurício Melo Júnior

 **Maurício Melo Júnior** é jornalista e escritor. Pernambucano, mora em Brasília, onde há seis anos apresenta o programa "Leituras", dedicado à literatura brasileira, na TV Senado. Escreve resenhas para o jornal *O Rascunho*, de Curitiba. Durante dez anos foi crítico literário e repórter de cultura do jornal Correio Braziliense. Tem treze livros publicados. O mais recente é *Andarilhos*, um volume com duas novelas.

E-mail do autor: MMELO@senado.gov.br

Descarnaval

Uma certeza. Estaria morto quando alguém lembrasse o cinquentenário das mortes. Vagas lembranças, manchas pálidas, nebulosidades envolvendo o claro-escuro das horas longínquas. O fato lhe roubara a ousadia de voltar à Cidade, e isso lhe bastava como vida. Só a marcha triste era nítida. Um sábado de carnaval onde se cantava a quarta-feira. Tantas cinzas.

Por mais de quarenta anos ficou atrás de um balcão, orquestrando o que se dava naquele espaço medíocre. Filho de um país moderno, novo, otimista, nunca de fato voltou para casa, preferiu se instalar bem próximo, na capital. Trazia a alma em pedaços e algum dinheiro no bolso, o suficiente para montar uma bodega de ponta de rua e tocar seus dias sem mulher nem filhos.

Mais de quarenta e cinco anos.

Desceu no aeroporto e a memória lhe acendeu o som do primeiro tiro. Não havia sábado, domingo nem feriado. Não havia carnaval. A Cidade se levantava num ritmo medido pelo bater de estacas, o martelar dos operários. Ali está o homem real a pregar, carregar, cimentar, soldar, erguer, fazer a vida, pois a prosperidade era uma ordem incontestra. O mundo para se conquistar, apenas com as mãos tomadas de calos e dores. O suor do esgotamento a cada final de dia. E guardar o pouco apurado para sair desta para melhor, deixar de martelar e construir um abrigo para o corpo.

A esperança era uma peça viva que caminhava entre eles e a poeira infinda.

Um sábado de carnaval como este em que desembarca do avião. Agora, cinquenta anos passados, sem o peso da morte, tinha fortuna medida por anéis e roupas de corte perfeito. Longe ficou o tabaréu. Em seu lugar, surgiu o homem de sucesso e negócios. Só o sábado era quase o mesmo. A triste marcha carnavalesca. A Cidade sem a poeira vermelha das construções, mas com a mesma ausência de marchinhas.

Cinquenta anos na pontualidade do calendário.

Foi assim.

Voltavam de um grande turno de trabalho. O homem e seus companheiros. Nos rádios, uma marchinha falando do paletó de um certo defunto que já não cabia em mais ninguém. Uma alegria, como era toda a vida daqueles dias. Todos falavam alto e forte das próprias saudades, das mesmas melancolias, de futuras fortunas, certezas estampadas nos risos. Recompensas imaginadas. Assim sentaram para comer um feijão aguado, um arroz endurecido, uma carne gordurosa, uma farinha quebrada e o vermelho do barro sobre tudo aquilo.

Lembrava de tudo enquanto corria dentro de um táxi sem destino. O motorista, de princípio, estranhou seu pedido. Mostre-me a cidade. Não tenho pouso, nem pressa. Quero somente ver a Cidade. Mostre-me. No final da tarde, traga-me de volta ao aeroporto. Agora venciam as ruas largas e normalmente ativas. Os carros, as lojas comerciais, as casas, os homens e as mulheres funcionando regularmente.

Pediu para parar na entrada de uma quadra residencial. Desceu e respirou o ar bem arborizado e sem poeira. Um aposentado lia o jornal sentado num banco ao lado da banca de revistas. Talvez tivesse a mesma idade sua, talvez tenha vivido seus mesmos dramas, talvez tenha vindo somente aproveitar a Cidade já erguida do cerrado bruto. Não havia certeza nenhuma, somente a ausência de sambas, frevos e maracatus. Nos trópicos, uma Cidade sem carnaval.

Bem longe, um estouro qualquer. Fogos de São João, um carro desregulado, uma coisa qualquer. O homem despertou num sobressalto e voltou para o táxi.

Onde posso almoçar? Estou com fome. Queria uma comida caseira.

Na Vila. Lá tem uns restaurantes bem caseiros.

Então vamos lá.

Reconheceu as ruas, mesmo tão mudadas. As ruas estreitas, agora asfaltadas, e as casas de madeira, substituídas por construções de alvenaria, não apagaram as marcas do acampamento antigo, do espaço onde nasceram suas dores e medos.

No restaurante, convidou o motorista para almoçar, mas pediu silêncio. Precisava mitigar o amargo de suas lembranças. E elas vieram, depois de reconhecer o rosto envelhecido que se escondia além das janelas da cozinha. O mesmo homem.

O mesmo homem que reagira ao primeiro protesto. Uma merda, alguém gritou, atirando o prato no chão. Uma merda o que me dão para cozinhar, respondeu aquele rosto que há meio século não tinha rusgas nem melancolias. E tudo o mais decorreu. Pratos e cadeiras atirados no chão. Gritos de insatisfação, uma rebelião justa e improvisada. Só não sabiam que não havia espaço para melosidades por ali. Veio o primeiro tiro. Depois outros tantos. Ao seu lado, um homem caiu morto. Correu para o alojamento e se jogou embaixo da cama. Ficou ouvindo todos os barulhos. Tiros, vozes, roncos de caminhões. Podia deduzir tudo. Nada podia deduzir.

Com a noite, veio o silêncio. Saiu com o que tinha e caminhou o quanto pode. Encontrou um caminhão que seguia para Goiás e partiu.

Por cinquenta, atrás de um balcão, construiu fortuna. Dinheiro o bastante para vir conhecer a Cidade que quis construir, mas que lhe legara um incontrolável medo, um pavor indomável.

Deixou o restaurante e passou o resto da tarde rodando os pontos que agora eram turísticos. Era noite quando tomou um avião.

Voltou para casa carregando as mesmas e velhas marcas.

Um Homem, o Derradeiro

A ausência de calendário vagava na terra. O vazio. Canta solitário um maracá e a cidade avança sobre o espaço das árvores retorcidas. Um resto de mata esmagado pelo asfalto rasteiro e necessário. Vento de redemoinho e o barulho intenso do trabalho dos homens. Caminho inexorável da civilização.

Era manhã, seu princípio, sem sol sequer, quando Suirá apanhou o último tronco da mata anterior. O cerrado desbastado e o vasto tapete vermelho de poeira e terra. Desolação agravada com a vinda da fervente claridade de agosto, quebrada somente pela sombra dos edifícios que brotavam de sementes poderosas. Uma cidade avança na direção da oca derradeira.

Todos foram embora. Eram vinte famílias, ainda ontem, quando cortaram os primeiros matos. No mesmo passo, chegaram os homens com paletós, pastas e documentos e os moços de camiseta, com mochilas e megafones. Uma gritaria que Suirá pouco entendeu. Ali mesmo, se acordaram, carregaram as pessoas, cortaram a mata, aplanaram o terreno, plantaram as sementes dos edifícios. Cada qual foi para o seu canto e interesses, esquecendo o passado daquele dia estranho. Suirá, sozinho, viu se erguer um pedaço inaugural da cidade. O pedaço que o oprimia.

O sol se punha, cobrindo a terra com a negra melancolia da noite. Barulho de máquinas e homens. Suirá cantou com o fôlego que guardava nos pulmões. Balançava o maracá e dançava pelo terreiro que ainda era seu. Agradecia aos deuses de sua crença a bonança dos anos passados e o dia em que chegou àquele resto de mata, esquecido pela cidade já feita. Há muitas luas viera caminhando da distância de sua gente, na busca de uma cura que o governo dizia, só se encontrava na cidade. Como não encontrou nem cura nem respeito, procurou a mata mais próxima, o ideal de viver germinando e colhendo o próprio pão. Depois vieram os outros, quase vinte famílias, tangidos pelas mesmas necessidades e descasos. Foi o primeiro a chegar, seria o último a sair. Suirá, o que tinha teimosia no peito e já ninguém na terra.

Achou que os deuses de sua crença não ouviram seu canto, não perceberam sua dança. Havia o barulho das máquinas, o movimento dos homens, o clarão das luzes madrugada adentro. Muito o que se notar e admirar.

Sem parar o canto, Suirá apanhou o tronco, o último, e nele retalhou com a quicé o totem ancestral. Um rosto vivo, um penacho, uma cintura marcada pelo vivo do urucu. Correu, com os pesos da madeira e dos anos nas costas por todo o terreiro onde as sementes dos edifícios tardavam em brotar. E dançava, dançava, dançava. E cantava, cantava, cantava. Uma reverência antecipada ao último morto daquele dia traduzido em finitudes.

Deitou o tronco no leito do riacho, que perdera o viço. Não terminou a tarefa. As máquinas canalizavam o córrego e Suirá voltou ao terreiro, de onde sumira sua oca e já os prédios brotavam. Plantou o tronco e suas cores. Dançava, tocava o maracá, cantava um mantra pescado na memória mais profunda.

Primeiro, foram os pés que se mudaram em raízes e se fincaram no chão já pouco verde, quase todo tomado pelo preto do asfalto, pelos blocos de moradia.

Quando se deu o crepúsculo da nova tarde, o penacho era uma copa generosa, frondosa. Suirá sentou sob a sombra farta para olhar o sol que morria. As máquinas e os homens prosseguiram quebrando o sossego da noite que se inaugurava. A madrugada petrificou o coração de Suirá e ele nunca mais se mexeu.

A manhã raiou com a mudança dos primeiros moradores. Eram senhores, senhoras, meninos e meninas muito bem apessoados, educados, todos encantados com a homenagem aos índios, que tinham um dia morado no lugar. Suirá, perene e sem história, petrificado sob a sombra de uma árvore imensa.

Sombra debaixo da mangueira

Um homem na tocaia: José Francisco da Silva, 39 anos, com seus códigos à porta do presídio. Dez anos passados sob as horas de sua obsessão.

Jaílson Rodrigues Pereira de Sousa, 48 anos, sem saúde ou esperança, levantou-se para o incomum daquele dia. Uma tristeza densa e profunda não o deixava enxergar algo especial nos minutos que seguiam lentos. Respirar novas cores não o animou. Quitava os segundos finais de seu pecado, um tédio infindo. Nada para retomar ou reconstruir. Seu mundo há muito era cinza.

Um sítio de mangas, o Cajueiro, nada produzia além de lazer e galinhas soltas no terreiro. O dono apanhava os ovos e os presenteava a parentes e amigos. Matava um capão e almoçava no domingo. Colhia as mangas. Maduras, bicadas pelos pássaros, caíam, sujavam o chão, traziam mosquitos e cheiro ruim. Gastava em cerveja e figo-de-alemão o apurado trazido pelo feirante eventual. A vida correndo, como o ganho de servidor mediano da prefeitura lhe permitia. O passado de Jaílson.

Kessi Jonny Queiroz tinha nove anos, e a companhia de dois irmãos e de um colega que não tinham ido além da fronteira do décimo primeiro aniversário. Entraram no sítio - havia um furo na cerca dos fundos. Calados, o riso preso, brincavam de esconder. Um deserto de vigilâncias e cachorros. Escalaram uma árvore. Apanharam os frutos maduros. Kessi, à sombra, amparava a coleta, as mangas do Cajueiro.

Já iam embora, as camisas carregadas com o breve furto. Ouviram os tiros.

Jeseliel Machado, 26 anos, passava no Cajueiro quando viu os meninos e as mangueiras, às quatro da tarde. Correu à Prefeitura e chamou Jaílson. Entraram no carro e apanharam os revólveres. Às quatro e meia, desceram no sítio disparando. Os meninos derrubaram as mangas e saíram correndo. Os homens perseguiram atirando. Uma bala atingiu a nuca de Kessi, percorreu seu crânio e fugiu pela testa. Eram quatro e trinta e três da tarde.

Jaílson pulou sobre o corpo caído e persistiu na perseguição. Ele e o comparsa pararam, reabasteceram os revólveres. Quatro e trinta e cinco. Correram mais. Os meninos iam longe. Os homens voltaram ofegantes, rindo da aventura.

Jaílson carregou Kessi, respirando com dificuldade, para dentro de casa. Uma pluma, o raquítico. Deitou no chão da sala o pacote ensanguentado, trancou a porta e saiu com o amigo. Eram quatro e quarenta.

Os sobreviventes chegaram ao campo onde o pai, José Francisco, 29 anos, capinava o roçado de macaxeira. Largou a enxada, para correr ao Cajueiro. Encontrou uma camisa de menino, as mangas desgarradas e uma poça de sangue. Varejou o sítio, bateu na porta da casa. Ouviu o silêncio da tarde e o sopro do vento. Dez para as cinco. Foi à delegacia e esperou o delegado. A tarde era quase finda, seis horas, quando voltou com os policiais ao sítio. Precisaram de lanternas para catar cada canto. Ninguém achou Kessi, e o delegado não trazia permissão para arrombar a porta. Buscaria o dono de tudo, o atirador Jailson. Sete horas.

Sessenta minutos depois, às oito horas, Kessi estremeceu num estertor solitário. Acalmou-se. A respiração enfraquecia, espaçava.

Outra cidade. Bem além da meia-noite, a polícia chegou. Jaílson e Jeseliel bebiam com amigos, as armas no carro. Nada negaram. Passos burocráticos.

Kessi ainda vivia quando, às três da madrugada, a polícia o encontrou no chão frio da sala. Morreu na ambulância que o levava ao hospital. Três e vinte da madrugada.

Dez anos.

Jaílson, um velho, era nada. Não carregava apetite. A mulher nunca o visitou, desempregado, o Cajueiro engolido como paga de advogado.

Na porta do presídio, livre, não sabia de rumos. Viu Francisco, vindo com determinação e força. Envelhecera, mas tinha viço. Sentiu a faca cortar-lhe as entranhas. Uma dor aguda, encoberta pelo alívio que o domava.

Você me fez um grande favor, amigo.

Suas últimas palavras.

Nereu Afonso da Silva

 **Nereu Afonso da Silva** nasceu em 1970, em São Paulo. Venceu o Prêmio Sesc de Literatura 2006 com o livro de contos *Correio Litorâneo* (Record, 2007).

Blog do autor: http://bombyx.wordpress.com
E-mail: nereu.afonsodasilva@gmail.com

[SKYPE]

Para Christophe Leroux

Agora há pouco, quando estava na frente do computador, esbarrei no mouse e inadvertidamente avancei com o cursor pela tela clara do Skype até atingir seu nome, atrelado a um minúsculo ícone cinza, em cruz.

"Desconectado; visto pela última vez em 02/02/2009; 17:15:05", era o *status* burocrático de sua ausência.

Súbito senti sua falta e, junto com ela, uma fatia da gramática do meu mundo esmorecendo.

Pobre Skype: desconhece a aridez de alguns acontecimentos; desconhece o não-retorno de um certo tempo; desconhece nosso ano de 1995; desconhece o ano passado: a viagem que não fizemos; desconhece o horror de uma metástase, o teor da palavra "fim"; desconhece que a expressão "visto pela última vez", neste caso, vem ventada pelo bafo da irrevogabilidade; desconhece — máquina-estanque! — que uma fenda aflorou em mim.

E desconhece profundamente que, por mais que eu tente, jamais estará cerzido, neste dedinho de prosa, o desremédio de minha saudade!

[COMO MANTER-SE CRÉDULO DIANTE DE TAMANHA FALTA DE SENTIDO?]

Se fosse possível atingir o alvo em cheio e responder de uma vez por todas à questão *como manter-se crédulo diante de tamanha falta de sentido*, o mundo certamente não precisaria mais de papel, tinta e literatura, mas, como no melhor dos casos nossa existência precária e fugaz nos permite apenas uma breve aproximação da mira, poetas e filósofos continuam e continuarão, feito flechas, a voar incongruentes pelo céu escuro, e alguns deles (Nicolas Bouvier, Scarlett Marton...), impregnados até os dentes pelo fracasso em tocar o alvo ou pelo afã da superação de sua pontaria, caminharão até nós, balbuciando ou perplexos, para nos oferecer, extraídas de sua insuficiência, as mais certeiras expressões dessa nossa inesgotável limitação humana.

[O CROCODILO]

Eu, tal qual o crocodilo que pousa a carcaça na areia como se pousasse a eternidade, e que lá fica (tapete pré-histórico) deixando de si uma paisagem incompleta — a de pedra entediada — e que compreende o jogo da monotonia, o gosto pelo nada fazer de bicho indolente abordando o ínfimo e aproveitando o insignificante sono de olhos abertos, sem medo e sem fome (incômodos dos mais respeitáveis), mantendo-se tapete durante o longo variar das horas, alheio a novidades e indiferente ao "vai, faz alguma coisa, ser inútil", bicho com pupilas de agulha e batalhão de dentes de agulha, bicho que espera, respira, medita, digere, repousa, ou, se calhar, nem uma coisa nem outra (Cioran cita as palavras de Wordsworth a Coleridge: *Eternal activity without action*), animal sempre, jamais subanimal: eu, tal qual o crocodilo, posso manter-me tapete — o mais vivo e consciente dos tapetes em resplandecente e implacável inação — ou, se quiser, num pulo, arrancar-te legitimamente a cabeça.

SUSANA FUENTES

 **Susana Fuentes** nasceu no Rio de Janeiro. É autora do livro de contos *Escola de Gigantes* (7Letras, 2005). Escreveu a peça teatral *Prelúdios: em quatro caixas de lembranças e uma canção de amor desfeito*, encenada em Fortaleza (Teatro do Dragão do Mar, 2008) e no Rio de Janeiro (Casa de Cultura Laura Alvim e Espaço Cultural Municipal Sérgio Porto, 2009). É doutora em Literatura Comparada pela Universidade do Estado do Rio de Janeiro (UERJ, 2007). Tem contos publicados nas revistas *E* (SESC São Paulo) e *Ficções* (7Letras), e participa da antologia *Como se não houvesse Amanhã - 20 contos inspirados em músicas da Legião Urbana* (Record, 2010). Desde 2007 contribui para a revista literária virtual *Histórias Possíveis*.

Blog da autora: http://entretrancosetamancos.blogspot.com
E-mail: fuentes.susana@gmail.com

A Madona de Piabetá

A mulher, nos seus sessenta e cinco anos, desceu do ônibus feliz: já não pagava a passagem. Com este trocado tomo um café, pensou, à vista de algumas moedas no fundo da bolsa. Não precisava da nota de dez, dobrada num bolso com zíper à parte. Catou o trocado e pagou o café no restaurante ao lado da baía, de onde avistava a praia. Colado ao céu, um azul macio soprava a brisa de feriado. Num dia como o de hoje, ficar em casa, nem pensar... saiu-me caro o café, mas caminho na praia e deixo o aborrecimento de lado. No restaurante, a demora para servir o café. Além do espanto:

— Só um café, senhora?

Aqui também já aprenderam a falar assim, ela refletiu. Sim senhor, sim senhora. O tom impessoal, às vezes impaciente, às vezes sem cuidado. Ainda se fez de indefesa:

— Só um café, tem problema? Sento-me logo aqui...

E passou por entre cadeiras, famílias reunidas, pai, mãe, avô, sobrinho, bolo de aniversário, alcançou a mesa esquecida num canto, pequena ilha, abandono cercado de ruídos por todos os lados. O café pagou o preço de seu pedido inusitado. Fora de hora, para além da procissão dos pratos, fora da fila do cardápio, sem nem o docinho da sobremesa.

— E o meu café?

— Já está vindo, senhora.

— ...

Dez minutos, três gaivotas, quatro moças de biquíni, uma abelha, um menino com ar de tédio acompanha o voo inesperado, foge da abelha com um grito. Os garçons são solícitos com as moças, riem, sorriem, apenas a sua mesa continua às moscas. Até a chegada do café, enfim.

O café. Frio ou calor, não importa, o café quente é bem-vindo. Até o pingo de leite pode ser gelado, o que vier está bom, com adoçante em pó, não tem, só em gotas?, ah, é pior, açúcar então, eu prefiro.

O açúcar vem de outra mesa. Sob a mira de alguns olhares severos.

O gosto de café na boca, certo amargor pela demora, a conta, finalmente. Deixou os trocados na mesa, caminhou em direção à praia, parou no degrau de cimento fincado na areia. O dia ainda estava ali. Enquanto houvesse luz, estava feliz, a luz e esse azul macio a revirar a pele e remexer os cabelos. Como demoraram para trazer um café, a conta nem se fala, ali já não volto mais.

— Olha a tapioca fresquinha!

— Venha, dona, tome sua água de coco.

O homem do coco ficava em baixo, ao lado da escada que descia até a areia. Levantou a tampa da caixa de isopor e apontou para meia dúzia de cadeiras no alto, enfileiradas no calçadão, todas abertas, listradas e viradas para o mar.

— Sente aí, dona. Escolha o coco e a cadeira.

— Sentar-me? E a cadeira, quanto vale?

— Cinco reais.

— Ah, de pé está bom.

Esse aí já me chamou de dona... gentil, não tenho do que me queixar.

Os dez reais continuavam intactos na bolsa. Tapioca era demais, água de coco tira o gosto do café, ando um pouco por aí, só quero ver a vista, mesmo.

Súbito, a bandeira ao vento. Era uma vendedora em sua caminhada na areia, entre os panos coloridos levava cangas, saídas de praia, e aquela bandeira... Fez um sinal à vendedora, tinha em casa uma dessas, já puída, velhinha, usava para cobrir o baú de palha no banheiro. A bandeira do Brasil. Ali, no alto, estendida ao vento, a bandeira verde e amarela, com raios de purpurina em prata.

— Oi, pode abrir esta aqui? Quero ver mais de perto...

A purpurina prateada quebrava o verde a pinceladas.

— É a bandeira, doze reais, está um capricho só, mas tem também esta de peixe e conchinhas e desenhos do mar.

A vendedora estendia a canga, o vento empurrava outra, ela aproveitava o embalo e exibia a exuberância dos panos, canga sobre canga nenhuma parava, rodopiavam com o vento. A moça era bonita, esbelta, de longos cabelos louros, queimados de sol e água oxigenada. Nos seus trinta e sete. E mais sete, talvez, acrescentados pela vida.

— Quanto é mesmo que vale?

— Doze.

— E com desconto?

— Dez eu lhe faço.

A vendedora estendeu novamente a canga num dos braços, e com a mão livre segurou a borda tremulante. A freguesa, num muxoxo, sacode os dedos no ar, sem o ímpeto de seu primeiro espanto:

— Ah, vou pensar, depois eu vejo... Outra hora!

Antes de virar-se de vez, parou de novo, encantada, os mesmos dedos correram sobre a superfície da tinta irregular.

A vendedora olhou-a firme e soltou numa voz decidida:

— Leve por dez, mulher!!

Mulher. A palavra soou legítima. Em sua voz convicta, a vendedora sem loja, sem balcão, sem treino, manca na areia, ainda assim, firme sobre os próprios pés, compensava o zigue-zague das ondas. De pé na areia, com a bandeira na mão, a mulher nos seus sessenta e cinco anos, de novo inteira, restituída pela palavra: mulher, apenas. Tônica respeitada na última sílaba para vibrar o "r". O risco de engolir o "r" é daí perder também o "h". Na palavra dita com todas as letras, ali se viu inteira, acolhida. A vendedora afastou-se, no balanço dos pés. Era como ela, mulher também.

Na negociação, contou sem rodeios: morava longe. O tom não era de lamento, porém. Não era uma queixa. Era um fato, um dado importante, acompanhado do orgulho de quem percorre longas distâncias.

— Sabe de onde venho para vender aqui? Lá de Piabetá! É longe mesmo, três conduções para vir trabalhar.

Disse isso e seu rosto se iluminou, apareceram as covinhas e os cantos dos olhos riscados pelo sol. Olhos que sabem fitar, não medem você, pelo contrário, se caem sobre você, caem em si também, como se ver fosse... rememorar. Olhos que ao ver acabam por se lembrar... de alguma coisa que é deles também.

De pé na areia, com a bandeira na mão, a mulher nos seus sessenta e cinco anos, de novo inteira, restituída pela palavra de outra. A vendedora ambulante afastou-se com a nota de dez pratas dobrada entre os dedos, suas asas de pano sopradas ao vento, peixes, conchinhas, caranguejos e o verde e amarelo da bandeira, a bola azul trêmula de céu, macio entre as nuvens e os borrões de purpurina prateada em cola de tecido Polar.

ANTES DO CARNAVAL

— Que maravilha a rua, uma beleza, nem um pio.

— Você olhou direitinho no jornal como é que se faz para chegar a Laranjeiras?

— Claro, tudo certo: a gente pega o ônibus que vai pelo túnel, atravessa o Jardim Botânico.

— Não tem perigo de encontrar um bloco?

— De jeito nenhum, li o roteiro dos blocos de rua no jornal. Como o Leblon está tranquilo hoje...

— E se o ônibus de Botafogo passar primeiro?

— Nem pensar, hoje tem três blocos por lá.

— E na Lagoa?

— É um só. Mas do outro lado.

— Olhe, lá vem, que sorte a nossa.

— ...

— Este ônibus está uma maravilha.

— Um silêncio só.

— O trocador, veja, está até dormindo.

— A rua livre, uma sorte.

— O Jardim Botânico vazio, um sossego.

— ...

— O Cosme Velho.

— Pois é. O bondinho do Corcovado.

— Olhe o Cristo Redentor.

— Laranjeiras, vamos saltar.

— Nunca foi tão fácil chegar até aqui.

— ...

— Você tem o pó branco da maquiagem?

— Aqui está. Batom?

— Droga, ficou manchado.

— Tem que passar assim, ó, bem de leve. Agora deslize no rosto, assim, pronto.

— Você dobra a aba do chapéu para mim? Tá bonito?

— Está bonito. Vem, a hora é essa.

— Ajeite a flor no bolso da capa.

— Você vem?

— Já estou pronto.

— Só falta a gente. O acorde vai soar, um, dois, três e... Ó *abre alas, que eu quero passar, ó abre alas que eu quero passar.*

— Quanta gente no bloco.

— Tem mais chegando. *Eu sou da lira, não posso negar, eu sou da lira, não posso negar.*

— Veja o mestre palhaço, o Doutor, corre, e salve!

— Salve!

— Salve a porta-bandeira e seu mestre-sala mirim. Salve a nega maluca na perna-de-pau.

— Salve, mestre palhaço.

— Tô bonito?

— Ai, já caí no carnaval.

— ...

— Que maravilha, a rua, quanta gente.

— Uma beleza. Cada vez mais. *Eu sou da lira, não posso negar, eu sou da lira, não posso negar.*

— A tuba, viu, eu não disse? E tem trompete e trombone, até um saxofone, a caixa-clara, o tambor.

— Um boneco gigante.

Por um minuto de atenção

No café das Lojas Americanas, um estojo cai. É uma cápsula de guardar bijuterias, uma caixinha italiana com mosaicos de pedra. Na queda, alguns remédios se espalham pelo chão. A dona do estojo, uma mulher nos seus 70 anos, já terminava de pagar o café no balcão e o levava com cuidado até uma das mesas. Desolada, olhou para o estojo no chão, os comprimidos para baixar a pressão. Terminou de caminhar até a mesa, colocou sua bolsa na cadeira, pousou a xícara de café. Olhou em torno de si. Viu duas meninas: nos seus dez ou onze anos, tomavam sorvete com calda de chocolate enquanto a mãe, com um olho lá e outro cá, vasculhava as promoções de CDs.

As meninas continuavam suas conversas, duas meninas louras, elegantes, bem arrumadas. A mulher demorou até perceber que seu pequeno acidente não interessara a ninguém. O sorvete no balcão continuava seu percurso até à boca, duas colheres, duas meninas, um só foco, mas a atenção não estava no sorvete, estava em algum outro lugar que não ali. O sorvete levado à boca: ninguém estava lhe fazendo caso? Tossiu e esperou que fosse o foco de seus olhares por um rápido instante. Esperou algum tempo, viu se o instante chegava pelo canto dos olhos: a senhora precisa de alguma coisa? Ih, caiu! Eu pego! Mesmo que ela então impedisse as meninas: Não, não precisa! Já está, peguei, viu?... sorrisos de agradecimentos sinceros seriam trocados nalguns instantes tornados íntimos. Aqueles instantes em que estranhos viram velhos conhecidos. E a mãe olharia com aprovação e até certo orgulho a gentileza das filhas: sim, respondiam a seus ensinamentos, eram cuidadosas com os outros na rua, os mais velhos. E os olhares se cruzariam até que de novo cada menina se afundasse no sorvete, ou nos seus pensamentos de coisas a resolver com a mãe na rua até o final do dia.

Mas as meninas nem se deram ao trabalho de ver o que tinha caído no chão. Havia também um senhor bem ao lado, no balcão. Esperou que ele a visse, poderia ainda salvar a tarde. Nada. Era como se ela não existisse. Então, passadas frações de segundos onde o próximo passo se determina, a mulher apoiou a mão na mesa, agachou-se, com a ponta dos dedos alcançou a caixinha e em seguida catou os remédios: três tabletes coloridos que voltaram a chacoalhar na caixinha em seu caminho até a bolsa. Baixou seu olhar perplexo sobre a xícara, ainda se surpreendia aos 70 anos. Serviu-se do adoçante, estou mesmo precisando fazer alguns exercícios, mexeu o café com o palito de plástico e tomou o esperado gole de café. Café frio como o sorvete das meninas, frio como aqueles olhos mergulhados no azul e guardados pela mãe.

WESLEY PERES

 Wesley Peres é autor de *Casa entre Vértebras* (Record, 2007), *Palimpsestos* (Editora da UFG 2007), *Rio Revoando* (USP/Com-Arte 2003) e *Água Anônima* (AGEPEL, 2002). Também é psicanalista, doutorando em Psicologia Clínica e Cultura pela Universidade de Brasilia (UnB). Mora na Catalunha-Goiás.

Blog do autor: http://diariosdacataluna.wordpress.com
E-mail: wesleyperes@uol.com.br

Primeira Carta aos Romanos Albinos
[com abolição de versículos e em forma
texticular]

Há coisas realmente chatas, como ouvir por todos os cantos essa história de que estamos no tempo da fragmentariedade. Sim, é assim que dizem por aí, fragmentariedade. Não sei muito o que pensar a meu respeito. Pesquisando, que não confio nas pessoas. Aprendi algo também repetido até me dar náuseas, algo que é um senso comum científico: que se você pensa que está ficando, ou que é louco, é porque você não é louco. Penso que estou ficando louco e que, contrariando a babaquice livresca psico-analítica-quiátrica-etc, sou mesmo louco, psicótico, esquizofrênico-paranoico, o-que-não-se-diz, azinhavre, muitos beiços e tal. Sim, tenho emprego, sou um publicitário do caralho, segundo me dizem. Sou meio sem diagnóstico. Quer dizer, às vezes tenho diagnóstico, às vezes não. Depende da loucura do médico a que vou, ou da qualidade/precariedade de sua formação. Às vezes sou esquizofrênico paranoide, às vezes sou um caso sem diagnóstico. Como disse, disse?, sou inclassificável para mim mesmo. Não sou publicitário. Menti. Sou uma mentira, ou várias. Trabalho como psicanalista. Nas horas vagas, sou escritor. Escrever não dá dinheiro, por isso me finjo psicanalista. Psicanalista dá pouco prestígio, exceto com as mulheres, em situações barísticas, elas bêbadas. Tudo bem, não sou psicanalista, sou publicitário. E tenho um nome ridículo: Daniel Paul. Homenagem de meu pai a um famoso escritor alemão, especialista em doenças dos nervos. Também sou teólogo, mas só de madrugada. Sou casado, sim, os loucos se casam. Tenho dois cachorros e uma tartaruga. Ah, e uma filha. Se chama Elisabeth. Conhecida por todos como Elisa. Tem dez anos e diz coisas que me faz desconfiar que ela também é sem diagnóstico. Respeito muito pessoas sem diagnóstico. Por isso, minha admiração por Elisa, vulgo Elisabeth, apesar de ser minha filha. Claro que esse autodesdém é uma fórmula narcísica, ao contrário, de expressão. Não sei se comentei, mas dou aulas na universidade, sem estar dentro dela. Dou algo que chamo de Seminário de Psicanálise. Onde quando falo de Georges Bataille, de Cioran, de Cora Coralina (sim, tenho um lado perverso, além de paranoide), e, vez ou outra, chego mesmo a falar de Freud, de Lacan. Só não falo do Winnicott, porque ele acha que os seres humanos são essencialmente bons. Não me dou bem com metafísicos, prefiro metas físicas, um nome simpático para a pornografia, a primeira e melhor dentre todas as artes. Recebi homenagem, no meu nome, a Daniel Paul Schreber, um especialista nas relações entre nervuras e alma. Um especialista em Deus. Um teólogo-humanista, o primeiro e, talvez, o único. Não, único não, pois que sou o segundo, seu seguidor, difusor, e criador de novas glândulas produtoras de teologia-humanista. Sigo Schreber sabendo que ele é um comediante, um trágico. A alma humana está contida nas nervuras do corpo. O corpo está contido na alma humana. A alma humana é carne, embrulhada em pele de ótima qualidade, se feminina. Adoro pele humana de ótima qualidade. Sou um caso de paranoia, ou esquizofrenia paranoide, que contraria a psicanálise de Freud, o Cristo da psicanálise, pois que Deus é Sófocles. Tenho remorsos em ser um ser que contraria Freud, mas não nasci para ser pacifista. Aprendam com Paul Schreber, o filho, que o Schreber pai era um torturador filho da puta que, apesar da mãe bela-meretriz (fortuna que impossibilita usar sua biografia para atenuar seus atos), torturou o filho o suficiente para produzir nele o nervo da genialidade. Os nervos do corpo vibram, produzem notas inaudíveis, prazer-desprazer, o que Lacan, seguidor de Schreber, Daniel=Filho, chamou de Gozo, com G maiúsculo, daí, talvez, o termo "ponto G". Uma parte dos nervos é capaz de volúpia. Atualmente, são chamados de nervos Scarlett Johansson, amanhã sabe-se lá que nome terão. Terão. Terá. Terã. Sexo e guerra sempre aliterando. Forço a barra, eu sei, sou um seminarista-psicanalista sério, portanto não perco um raminho de possibilidade para a possível geração de chistes. Os nervos habitam os músculos, levam os músculos a manifestarem o que, sem os músculos, seria metafísica, e de botequim: os afetos. Surgimos embrião, alma bestial, uns quilogramazinhos do que será depois uma coisa que se angustia pensando de modo oscilatório em morrer e em trepar. É nessa tensa equação que a vida, o DNA, nos obriga, sem que saibamos disso, a investir em loiras de olhos azuis, em morenas de olhos azuis, em negras de olhos azuis, sim, tenho fetiche por olhos azuis, a vida obriga a isso. A investir tempo, dinheiro e pensamento para arquitetar um jeito de proliferar algo de si em olhos azuis. Há os nervos (Memórias de um Doente dos Nervos é a minha Bíblia, e a Bíblia é a minha Memória de um Doente dos Nervos) sensoriais, e os nervos-pensamento, ou seja, nervos empiristas e nervos platônico-cartesianos. Em cada molécula de cada nervo platônico-cartesiano, temos a reprodução territorial de todo o conjunto espiritual do homem. Percebo, no entanto, o que há de loucura em Schreber, pois que sou mais para sem diagnóstico, e não um louco genial tão genial que escreveu um livro que é a minha Bíblia. Que deveria ser a Bíblia de todos que sabem que este mundo acabou antes mesmo de começar. Graças a Deus. Hoje acordei e não escovei os dentes. Quando não escovo os dentes, fico deprimido. Por isso não escovei os dentes, estava deprimido porque sabia que não teria ânimo de escová-los. Não tomei o antipsicótico. Não tomo há dias. Assim como há loucos geniais, como Paul Schreber, há os chatos, como Carlos Gustavo Jung. Um esquizoerudito. Esquizofrênicos são chatos. Eruditos são chatos. Preciso dizer mais nada. Mas digo: a verborragia de Jung me cansa, não sei como ele conseguiu ganhar o Nobel da Literatura Tibetana, mas ele ganhou. Apesar de Suíço, ele renovou a literatura Tibetana. Para pior, evidentemente, que rima com demente, que não rima mas deveria rimar, com Jung.

A coisa acima, transcrita, é uma carta que recebi do meu pai. Sim, eu sou os Romanos Albinos a quem ele se endereça, apesar de eu não ser nem romano, nem albino e, muito menos, ser vários romanos albinos ao mesmo tempo. Não que eu saiba. Meu pai é paranoico para a psicanálise; esquizofrênico paranoide, para o DSM; possuído pelo Demônio (que imagem metrotranscendental, não?), segundo os evangélicos; obsediado por espíritos, segundo os Compadres Queleméns da vida. Ele não se chama Daniel Paul, e sim Paulo Daniel. Daniel Paul sou eu, infelizmente, e, sendo psicanalista, tenho de aguentar um turbilhão e meio de piadinhas de cunho schrebiano. Não fazem ideia de quanto ouvi na vida a palavra Schreber. Segundo meu pai, os Schrebers (o pai e o filho menos o espírito santo, amém) foram e são e serão os maiores homens da história da humanidade. Por isso, prefiro que me chamem de Schmulek, que é meu sobrenome que não me foi passado. Schmulek é o sobrenome que meu pai recebeu por parte de mãe, e a mãe dele-meu-pai, minha-avó-portanto, é filha bastarda de um judeu-alemão que veio parar, não faço ideia de como nem por quê, ou melhor, não parou, e sim passou por Goiás, ficando aqui o tempo suficiente para engravidar minha bisavó, mãe da mãe do meu pai.

Schmulek, não me reconheço neste nome. Não me reconheço em nenhum outro.

O QUE UM HOMEM PODE FAZER COM UMA MULHER

A irmã morta. Quanto mais culpa, mais o fantasma. Transtorno bipolar do humor. Aceita o nome dado, ao menos um nome pra essa esquisitice toda. Ir ao médico serviu pra dar um nome a toda essa esquisitice que é a vida dele.

Vinte e oito anos, nada realizado. Sem emprego e segundo grau não terminado e já nem existe segundo grau mais. Mora com pai e mãe, aposentados.

O dia todo entulhado no quarto entulhado de ele. Ele entulhado de si mesmo. O quarto entulhado de livros. Os livros entulhados de anotações inúteis. Nada acontece além de livros e masturbação, e também uns poemas mal escritos. O pai quase nunca fala. A mãe quase não para de falar. Fala sozinha. Fala com a tv. Fala com o pai que não fala mas assente com a cabeça fingindo escutar — e talvez escute mesmo. Vai ao quarto, fala com ele, e ele fala com a mãe.

Nunca, sempre, ele e a mãe, não falam sobre ele sempre no quarto. Nunca, nenhum amigo, sempre, nem namorada, nem emprego. Escola abandonada, sempre. Vida que se repete como um relógio. Apenas os livros são outros, outras as mulheres donas de partes de corpo que nucleiam as fantasias dele.

A irmã morta morreu quando ele tinha vinte anos, e ela própria, dezenove. Não. Ele não ficou assim porque a irmã morta.

Mais um sempre em sua vida. Sempre foi assim. Quando esperma e óvulo, já era assim. O DNA é um destino, aprendeu com a mãe.

A irmã morta é sim a mulher que vagueia anônima, ou com nomes diversos, em seus poemas para gaveta ou lata de lixo. Deus só existe na hora da culpa. Quanto mais culpa, mais o fantasma das formas muito brancas da irmã, em sonhos nos quais, pela frente e por trás, faz tudo o que um homem pode fazer com uma mulher.

Um homem com um maço de cigarros nas mãos

Um homem com um maço de cigarros nas mãos. Vazio, o maço, não o homem. O homem está desesperado. Não porque o maço está vazio, mas por tê-lo esvaziado.

O homem se chama José Eustáquio e, após ter nascido e recebido este nome, imaginava que as maiores desgraças de sua vida estavam relegadas ao passado. Agora, ou melhor, desde algum tempo, gira em torno da (e não sobre a) ideia de que terá câncer. E o que o desespera é que, nesta ideia com ele em torno, ele terá daqueles cânceres que deterioram o organismo de modo meândrico, meticuloso, transcorrendo com a lentidão exclusiva dos infernos. O inferno é um lugar onde tudo acontece lentamente. José pensa nisso, e isso, por vezes, é o mais distante que consegue chegar da ideia de que terá câncer.

Depois da final da Copa de 1994, José Eustáquio ficou uns dois meses sendo pensado pela imagem da bola por cima da trave, chutada por Baggio. Sim, a imagem o pensava, ou, a imagem pensava nele, usando-o. Uma repetição que se interrompia e se retomava muitas vezes durante os dias. E o que mais o irritava nisso tudo era o rabinho de cavalo búdico na cabeça do senhor Roberto Baggio.

Agora, no entanto, somente sendo pensado por outra coisa que se repete nele: terei câncer, terei câncer. Por isso, o desespero diante do maço vazio de Free Box azul. Como os planetas em torno do sol, Eustáquio, em torno do câncer que terá.

Fez todos os exames. Fez todos os exames de três em três meses. Foi chamado de hipocondríaco. Foi chamado de hipocondríaco, pela namorada, n vezes. Ela não entendia. O câncer está aí, só que ausente, conforme atestam os exames.

Ela não entende isso.

Trocou de namorada. Depois destrocou. Ela tem um formato de bunda que é o caralho, pensa. Pensa e ri da imagem absurda, uma bundacaralho. Ri e pensa que está mesmo mal, para pensar coisas tão absurdas. E elucubrar sobre elas. Está mesmo mal um cara que pensa a palavra elucubrar. Está mesmo mal um cara que põe a palavra elucubrar em seus pensamentos logo depois da imagem bundacaralho. E que se põe a pensar nisso.

Bate com as mãos, simultaneamente, na cabeça, como que pra desmanchar todas aquelas formações mentais entre a idiotia e... a idiotia. Além do câncer futuro, ficando idiota. Seu nome idiota. José Eustáquio. Esse tipo de coisa não se faz com uma pessoa, só com filhos. Sente ódio do pai, o idiota que quis homenagear o bisavô. O bisavô dele, José Eustáquio, se chamava Eustáquio José. Foda isso, inserido numa tradição de idiotas. Não escolheu tal inserção, o que não o torna um milímetro menos fodido, menos absurdo do que a imagem bundacaralho.

É um homem metódico. Trai a namorada três vezes por mês e fuma vinte e sete maços de cigarro, todo mês. Chegou mesmo a pensar que não a ama, que o que importa mesmo é o sistema, a regularidade de uma namorada traída três vezes por mês. Certa vez, traiu quatro vezes, tendo a quarta traição ocorrido num 26 de fevereiro. Não era ano bissexto e, assim, sua fórmula para correção da quebra do sistema se tornou aflição. Teria de comer mais duas mulheres (traição pra ele, só se ele comer a mulher) antes de o mês acabar, inteirando seis, número múltiplo de três.

Vai ter câncer de qualquer jeito. Fuma pra diminuir a angústia. Trepa com a namorada portadora da bunda com um formato do caralho pra diminuir a angústia. Mas quanto mais fuma e trepa, mais fuma e quer trepar. Com ela. A namorada com quem ele desterminou e que o enlouquece. A namorada que o enlouquece, na cama e fora dela. Na cama, ele a fode. Fora da cama, é ela que o fode.

O homem está com o maço vazio de cigarros. Está desesperado. O medo do câncer, o cigarro e as trepadas, essas coisas o mantêm vivo, foi o que disse o psicólogo reich-adleriano com tendências gestálticas:

— A merda toda é que eu acreditei nessa merda toda que ele me disse.

— O quê? — perguntou, olhando para ele, a moça à sua frente na fila do banco.

Eustáquio deixou a namorada da bunda do caralho e agora não namora, mas trepa três vezes por dia com a moça da fila do banco. Ela entende perfeitamente seu câncer que está lá, ausente, invisivelmente mastigando-o. Aliás, José Eustáquio se apaixonou por ela no exato instante em que ela, Free Box azul entrededos, lhe disse:

— A essência humana é isso, há um câncer invisível mastigando todos nós.

Bem, é evidente que os peitos dela num formato inacreditável e a pinta ao lado do umbigo contribuíram razoavelmente.

Esta obra foi composta em Minion 11/13,1.
Impressa com miolo em offset 75g e capa em cartão 250g,
por Createspace/ Amazon.